往復書簡

湊佳苗

丁世佳——譯

十年後的畢業文集

谷口杏實小姐惠鑒：

近日陰雨連綿不絕，不知妳過得如何？

上星期的結婚典禮真的太美好了。小靜的和服跟公主（是月姬嗎？）一樣，真的好漂亮。廣電社的同伴們也重聚一堂，好令人懷念。

結婚典禮的照片今天沖洗出來了，一併寄給妳。很多張吧。我一面努力分著照片，一面心想要是交換電郵，傳送檔案的話就輕鬆多了，但我這個只會播音的機器白癡還是一點也沒變——

所以我連電腦都沒有。

給負責劇本的阿杏妳寫信讓我有點緊張，要是有什麼表達不周的地方就請妳看在喜事的份上，寬宏大量多多包涵。

話說廣電社的同學有多少年沒有聚在一起了。我的話是從高中畢業之後就沒見過，已經十年了呢。都是因為同一個社團的老同學結婚，這才能夠重聚。而且還是社長浩一跟副社長小靜，大家才回到鄉下小鎮去。六月第一個星期六，幾乎全員到齊，這都拜他們兩人的品德之賜。

既然這樣，就千秋一個人沒來真是太遺憾了。

說實話第一眼看到喜帖的時候吃了一驚。浩一跟小靜要結婚？妳還記得嗎？一年級的夏令營。採訪岬島夏日祭典的時候，在島上的民宿過夜時的事。阿杏、小靜、千秋跟我，四個人都說了自己喜歡哪個男生不是嗎。結果大家喜歡的都是浩一。氣氛真是非常之尷尬。但是千秋提議說：「既然如此我們四個人就堂堂正正一決勝負吧。要是大家都失敗，就開惋惜大會。要有誰成功了，其他三個人就坦然祝福。如何？」我們都同意了。

——結果是第一個去告白的千秋擄獲了浩一的心。

什麼也沒做就失戀雖然很懊惱，但我心裡覺得其實結果本來就會這樣。因為千秋是我們四個人裡面長得最漂亮的，跟高大英俊的浩一站在一起真的非常相配。我們三個失戀者按照約定熱誠地祝福了他們倆，他們吵架我們也一天到晚作和事佬。

阿杏妳在二年級的秋天替他們倆寫了廣播劇的劇本不是嗎？「我打心裡愛妳。跟我永遠在一起好嗎？」連這種台詞都有。

文哉負責導演跟音響效果，良太負責錄音跟剪輯，小靜是製作助理，浩一、千秋和我播音演出。大家各司其職，通宵準備，要在校慶的時候現場廣播。雖然如此浩一當天竟然還是耍賴，在全校同學面前直播的時候說「這樣太丟臉了啦」。但是真的很愉快。我到現在還記得最後的旁白。

兩人的愛將持續到永遠。

他們的愛是什麼時候結束的呢？一直到畢業都還在一起吧。高中時代的男女朋友能夠一直維持到結婚真的很罕見，我也明白打探別人的戀愛不是什麼好事。就算千秋來參加了婚禮，一定也不會有芥蒂。要是能知道她缺席的理由就好了——

而且千秋竟然下落不明。

我六年前結婚之後，立刻跟丈夫一起到海外赴任，因為是非常偏僻的地方，就斷了音訊。要是妳有千秋的消息，請務必告訴我。

靜候回音。

高倉悅子謹啟

小悅：

妳好嗎？謝謝妳的信跟照片。我已經不知道多少年沒收到過信了。跟小悅雖然十年沒見，但完全不覺得像是有那麼久，聊以前的事聊得好開心。聽說妳跟大上一輪的公司高階主管結婚，以為妳會變成那種有錢的貴婦，本來有點擔心的，結果妳還是以前的小悅，我真鬆了一口氣。

對了，小悅妳變漂亮了呢。完全不是以前一頭亂髮、戴著黑框眼鏡的樣子。進入婚禮會場的時候我還心想那是誰啊。所以果然是貴婦呢。妳穿的洋裝是Ferragamo的吧。當時沒注意到，看妳寄來的照片覺得衣服好像在哪裡看過，翻了上個月的時尚雜誌看到了同樣的，真是太──讚了。

──接下來進入正題。

浩一的對象不是千秋而是靜香這件事，小悅妳高中畢業就去了東京，所以對妳來說可能很意外，但對留在老家的我來說並沒什麼特別驚訝的。小悅一定是看著浩一跟千秋的全盛時期，然後時間就停止在那一點上，所以多擔心了。

浩一、千秋跟靜香畢業以後都去關西了不是嗎？因為不是很遠，三個人在盂蘭盆節跟新年的時候都會回來。雖然不是每次都見面，然而可以感覺到他們之間的氛圍慢慢改變了。

但是我知道的事情可能跟小悅妳是差不多的。

我跟千秋從高中畢業後第一次能好好聊天的重聚是在五年前的夏天。我跟回家探親的千秋和靜香三人開了小同學會，報告彼此的近況。不知怎地就想起了一年級時的夏令營。

我從短大畢業以後就在郵局上班，偶爾在窗口見到大家的媽媽，會講些最近跟男朋友分手啦之類的閒話。靜香大學畢業後到大阪的食品公司上班進入第二年，因為商品不實標示的問題忙得要命，抱怨根本沒時間交男朋友。千秋專科畢業以後，進入神戶的模特兒經紀公司，當服裝目錄的平面模特兒，似乎是最愉快的。

那個時候好像還在跟浩一繼續交往。浩一大學畢業後在大阪的製藥公司上班，所以兩人應該沒有距離的問題。我跟千秋說：「你們怎麼不一起住呢？」她回我說：「那樣就不能玩了啊。」我覺得除了浩一以外，她可能還有別的男朋友也說不定。千秋從高中的時候就很花心的。

所以在這五年之間兩人分手也不奇怪就是了。

本來小悅跟我在高中的時候都在跟別的人交往啊。小悅妳也是跟同社團的同學交往，但最後並沒有結婚，所以應該明白這種事不用太擔心的啊？良太不愧是負責影像處理的，拿著攝影機照相機到處跑，幾乎沒有坐下來過，但他也跟妳非常親熱地說了話呀。

我倒是想知道小悅為什麼跟良太分手。果然是因為距離的緣故嗎？

話說回來那次夏令營的時候，雖然我們四個人都說了自己喜歡的對象，但認真回答的本來就只有千秋和靜香吧。我們猜拳決定坦白的順序是我、靜香、千秋和小悅。

其實那個時候我並沒有喜歡的人，心想浩一等於是大家的偶像，說他應該沒錯。然後靜香就說：「阿杏妳也是？」千秋說：「情敵也太多了吧。」小悅妳說：「那我也選浩一。」當時情況是這樣。妳用「那我也」這種句子應該是喜歡大家一起湊熱鬧，真是符合妳的個性。但要是順序改變，我也會這麼說的。

妳開始跟良太交往是在製作廣播劇的時候吧。你們兩個人常常一起剪輯到三更半夜。現在提起來好像是馬後砲，但小悅妳是機器白癡，甚至會不小心把採訪回來的資料消除，剪輯工作到底能幫上什麼忙呢？對寫劇本的我來說，作品沒有公開的確很可惜。要是結婚的是浩一和千秋，就算他們反對我可能也一定要在婚宴上播放，好好熱鬧一下。

雖然那部作品沒有公開，但高三那年夏天《松月山．月姬傳說》獲得全縣競賽紀錄片類第三名，公開上映（番外篇被剪掉就是了），所以終究還是不錯的。特別是因為那是副部長靜香努力投入的作品。

靜香跟浩一結婚或許是拜了那時候之賜。妳記得我們去拍紀錄片的時候，松月山頂不是有個祠堂嘛。

那個無聊的小鎮唯一美麗的故事，戰國時代的「月姬傳說」。

半夜在松月山頂的祠堂許願，然後在走到山腳下的大松樹之前都不開口的話，戀情就能圓滿——靜香應該是做到了吧。我們四個人輪流許了願，默默地走下山，小悅妳在途中就說：「星星好美喔～」我也脫口而出說：「真的耶～」千秋笑出聲來。結果默不作聲下山的只有靜香一個人。她一定是拿浩一許了願，然後願望達成了。

而且我覺得比起像千秋那樣引人注目的女孩子，靜香這種穩重型的反而適合浩一。靜香絕對不會劈腿吧。我覺得這樣很好。

是文哉跟妳說千秋下落不明嗎？他之所以加入廣電社就是因為喜歡偵探推理之類的東西。他常常把調查真相，追究到底之類的話掛在嘴上。這種含混不清的說法讓小悅妳擔心了。

我想沒聯絡上千秋應該不是她本人發生了什麼事，而是她的爸媽因為工作關係搬離這裡的緣故。我之所以知道大家的近況，都是因為大家的爸媽都還住在鎮上。

我不知道小悅妳的電郵跟手機號碼，連地址都是在婚宴的時候才問到的，而且那還是妳回國的臨時住所對不對？住在國外的時候，會有人把郵件集中起來轉寄過去。靜香給小悅的喜帖也是問了妳住在老家的母親才寄到的。要是沒有老家的話，小悅妳這十年也等於下落不明了。

所以千秋的事不用太過擔心不是嗎？

已經好久沒有手寫這麼多字了，不禁讓我想起寫劇本的時光，真是很愉快。對了，妳記得這套信封信紙嗎？這是妳送我的生日禮物。一直住在老家雖然常常覺得很鬱悶，但很多老東西都可以保存下來。廣電社的活動記錄也都還在，我決定要重新來看。

就這樣，妳多保重！

小實筆

谷口杏實小姐惠鑒：

季節終於出梅了，不知妳近來可好？

前些日子收到妳的回信，真是多謝了。我也回想起高中時代，特別是廣電社的種種。去松月山的事，現在想到還會笑出來。阿杏妳張著大嘴抬頭看星星，結果小甲蟲飛進嘴裡了。好像搞笑節目的短劇一樣，雖然明知道正在許願，還是忍不住笑出來。能有分享共同記憶的朋友真是太好了。

妳提到良太讓我吃了一驚。我們躲在浩一跟千秋的光環下偷偷地交往，我以為大家都忘記了呢。

我跟良太自然分手，原因應該是遠距吧。分手並不是因為誰背叛了誰，所以過了十年再見面也可以正常地交談。我也結了婚，過著算是幸福的日子。良太在從以前就嚮往的電視節目製作公司上班，我們毫無顧忌地交換近況，他一定也很高興。

我能跟阿杏這樣書信往返，也是因為阿杏過得很幸福吧。妳馬上要結婚了不是嘛，啊，我寫出來了。本來是要等妳告訴我的。婚宴的時候跟上封信裡妳都沒提，我等不及就先說了。

這是文哉在婚宴開始前告訴我的，都已經下聘訂婚了吧。妳的未婚夫跟文哉一起在市政府上班，比我們大三歲。恭喜恭喜。

我只不過回去一天，就能知道這麼多消息，從某方面來說鄉下真是了不起。所以阿杏妳一定知道的。我覺得妳知道但是瞞著我。要是真的不知道，就會說那只是謠言了。

我聽說千秋在五年前的夏天回老家時，出意外破了相，因此精神狀態不太穩定，然後就下落不明。

說回老家時出事，這讓我有點在意。

難得我暫時回國居住，我先生也說久久才回來一次，就輕鬆地待一陣子，所以我想確定一下千秋在哪裡，看能不能去給她打打氣。要是妳知道什麼的話還請告訴我。

妳這麼愛惜我送的信封信紙，真令人高興。

靜候回音。

高倉悅子謹啟

小悅：

妳的信我看過了。寄照片只是藉口，其實妳是想問千秋的事吧。千秋出意外我想也是文哉告訴妳的，這事我知道。之所以沒提是因為小悅妳不久又得回遙遠的外國，不想讓妳掛心。既然妳已經知道了，那說出來也沒關係。但在此之前——

寫信給我的真的是小悅嗎？從第一封信開始我就覺得有點不對勁。

比方說，妳寫信的口氣不太像小悅。但那或許是因為小悅去上了東京的好大學，跟社會上有地位的人結婚了，學過寫信的方式也說不定，這樣也不是說不通啦。

此外還有松月山的事情經過。小甲蟲飛進我嘴裡的事小悅應該不知道的。那時候下山的順序是負責導演的文哉、接著是攝影良太，他回頭倒著走，用手提攝影機拍我們。然後是默默地往前走的靜香、後面順序是小悅、我、千秋和浩一。

小悅突然停下腳步抬頭看天空，我也跟著轉身往上看，小甲蟲飛進我嘴裡，千秋跟浩一都笑起來。但是小甲蟲立刻就飛走了，那時候我並不知道什麼東西飛進我嘴裡，千秋和浩一也只是笑而已。之後下山一路上應該都沒有人提到「小甲蟲」這幾個字。

所以在我背後的小悅應該不會知道的。

還有關鍵性的一點就是我要結婚的消息。我可有在喜宴吃飯的時候，當著大家的面說「我要結婚了」呢。

所以妳不是小悅，而是不在我們那一桌的人；浩一或靜香。再加上知道小甲蟲的事，應該是浩一吧？男人裝成女性，用人妻的口吻寫信也是說得通的。

但想知道千秋情況的心情確實不假。

你只要告訴我你是誰，不管你是哪位，我都會把千秋發生意外的經過原原本本告訴你。到底是誰呢？

但要是偽裝的目的只是要知道意外詳情的話，那絕對可以排除一個候補人選。因為靜香知道得很清楚。

杏實

阿杏：

惠鑒什麼的就免了，果然很奇怪是不是？在國外住久了，寫信的機會也滿多的，有時候是英文，有時候是日文，要不就是要翻譯成英文的日文，所以寫法奇怪，好像讓阿杏誤會了。對不起啦。為了表示親密，我還沒用敬啟者之類的開頭。高中的時候連寫信應該用這種詞都不知道呢。

我是悅子。為了讓妳相信，我會一一解釋。

小甲蟲的插曲：阿杏可能以為走在前面的人沒注意到，但我看見小甲蟲飛進妳嘴裡。因為我不小心開了口，害阿杏也說話了，本來要戳妳的背說對不起的，就在那時看見一個黑黑的東西迅速飛向阿杏的臉，真是太好玩了。可能是因為千秋笑得比較大聲引人注意，但我在妳背後也笑了。

要是有所懷疑的話，可以看看當時的影片。《松月山．月姬傳說》紀錄片的番外篇有收錄製作過程中的有趣花絮。當時我笑的樣子應該拍得很清楚。我手邊沒有片子無法確認就是了。

然後就是結婚的消息。這真的是我一時昏了頭，阿杏會懷疑也是無可奈何的事。應該是在切好的結婚蛋糕上桌的時候吧。阿杏說：「蛋糕是很棒，但泡芙塔也不錯。」文哉就說：「那小實就訂泡芙塔吧？」大家正要追問，浩一的上司就來敬酒，大家忙著應酬的時候，給雙親獻花的重頭戲開始了，這件事就不了了之。

從文哉那裡聽到的印象非常強烈，到底哪個先哪個後我搞混了。話說回來，文哉嘴巴真大呢。但婚宴上他當友人代表致的辭很不錯。

阿杏可能不願意回想千秋出意外的事，我卻一直追問，寫信也沒注意遣詞用字，讓妳起了疑心，真的很對不起。——這樣消除了妳的懷疑了嗎？

要是妳仍舊懷疑我到底是不是悅子，就問我只有妳我才知道的事情吧。比方說——我用的這套信封信紙。這跟阿杏妳在高二暑假跟家人一起去北海道的時候買回來送我的禮物一模一樣。妳注意到了嗎？

當時我就覺得，不愧是負責寫劇本的阿杏，送成套的信封信紙當禮物，那時候的情形我還記得很清楚。要寫信的時候，我想起妳說過「這便箋是富良野有名的工坊用獨家技術以天然薰衣草染色的。」所以就郵購了。但是為什麼送我信封信紙呢？千秋得到手帕，送小靜的禮物是鏡子。

要是阿杏還不相信寫信的人是「小悅」的話，要問什麼都可以。千秋的事情可以等阿杏相信之後再說。要是信賴關係不成立，就根本沒法談下去了。

靜候回音。

悅子

小悅：

上次信裡寫了些怪話，不好意思。不知是為什麼。千秋的意外可能是因為被鎮上的人好奇問到煩了，到現在提起這個話題我還是有點戒心。對不起啦。

我已經百分之九十相信寫信給我的人是小悅，剩下的百分之十，讓我再問一個問題吧。

但是有什麼事情是只有我跟小悅知道的呢？我重新思考了我跟小悅的關係。

像是我跟靜香和良太從小學開始就是同學，可以問那個時候的事，文哉就職之後回到這裡，可以問他最近鎮上的事，或是問跟我交往的人（說未婚夫總覺得很不好意思）的事；上了高中才認識的小悅該問什麼才好呢？浩一跟千秋也是同樣情況。

來問我跟小悅兩人一起做的廣播劇《二十一世紀．月姬傳說》好了。那齣廣播劇本來是要讓為了無聊小事吵架的千秋跟浩一和好才寫的。小悅趁他們兩人不在的時候跟大家商量，提議說「在戲裡讓他們談戀愛，說肉麻的台詞吧。」然後我們倆一起構思劇本的內容。

我一向都是自己一人枯燥地埋頭寫劇本，小悅正經八百地提議奇怪的台詞，寫這齣戲的時候非常愉快。問題如下：

廣播劇最後的台詞：「兩人的愛將持續到永遠。」定稿是這樣，但初稿是別的句子。初稿是什麼呢？這沒法從ＣＤ或是劇本裡找到答案的。

就算妳真的是小悅，也可能會忘記。但我還是期待妳的回答。

再聊。

小實

阿杏：

謝謝妳相信我。問題的答案很簡單。

「兩人的戀愛之路前途多舛，但我們都會在旁邊加油的咧！」

這是我提議的。「為什麼最後變成關西腔？妳搞笑節目看太多了。」被阿杏否決了。

真的好令人懷念。我看了阿杏的信，才發現只有我們倆一起做的事幾乎等於沒有。

但是我跟阿杏最合得來。我加入廣電社是因為中學同學千秋叫我來，最後我跟阿杏在一起的時間應該比跟千秋還多。嗯，當然千秋跟浩一黏在一起也有關係啦。

即便如此，要是千秋沒叫我去的話，我的高中生活八成會很無聊。誰是第一都無所謂，連千秋在內我們同年級的七個成員要是能團聚就好了。

除了阿杏之外我沒別人可依靠了。拜託妳。

請告訴我千秋的事。

悅子

小悅：

我這就告訴妳千秋的意外經過。信會有點長，有點嚴肅，請別嫌棄看下去。

之前也說過，高中畢業以後，我再次見到千秋是五年前的夏天。

同一年新年的時候我偶然碰到靜香，交換了聯絡方式，跟她打過幾次電話，傳過簡訊。那時候我有點想找人訴苦（因為跟男朋友交往得有點不順利）。

我們說到想舉行廣電社的同學會，千秋跟浩一也都在關西，不是可以開個小型同學會嘛。話雖如此，靜香說那兩個人有電燈泡的話一定開心不起來，這麼一說我也覺得有道理。所以靜香雖然也跟千秋打電話、傳簡訊，但真的見面也跟我一樣相隔了五年。

但是她說因為浩一公司比較近，他們有時候會在吃午餐的店裡碰到。他在製藥公司上班，當業務成天要應酬很辛苦，好像不太會喝酒等等，說來說去都是浩一的事。她聽說千秋劈腿非常生氣。我覺得靜香還是喜歡浩一的。

靜香到大阪去上大學我覺得也是去追浩一。浩一高二的時候，他哥哥上了大阪的大學，他不是跟我們說過「我爸媽說『你也去同樣的地方，兄弟倆住一起。』」嗎？靜香雖然說「我去大阪上大學，是因為爸媽最遠只肯讓我去關西啦。」但我想她是要配合浩一才這麼說的。

因為靜香的弟弟到東京去上大學了呀（靜香媽媽到郵局窗口的時候，都會炫耀說是總理大臣上的那所學校喔）。

但是呢，我覺得靜香要是不去大阪就好了。我想小悅應該明白我的想法。高中的時候認為「就是這個人了」，但環境改變，認識不同的人，就會有更喜歡的對象吧。

浩一確實很帥，但到頭來也只是鄉下公立高中的帥法，比他帥的人滿坑滿谷不是嗎。高中的時候戀愛對象基本上是同級生，慢慢會覺得年長的更好，年輕的也很可愛之類的，選擇會變多。

連在本地上短期大學的我都有這種感覺，我也認識了各種各樣的人，離家到外地豈不是更會覺得開創了新的人生？但要是以前喜歡的人也在那裡的話，就算離家，時間也仍舊停止在認識那個人的時候了吧？

靜香真的就停止了。

我是在她因為廣播劇《二十一世紀・月姬傳說》責怪我的時候深刻地感受到這一點。我們製作廣播劇的時候，靜香好像在等浩一跟千秋分手。然後暑假結束的時候，他們倆大吵了一架。

同班足球社的同學拜託千秋在比賽的時候去加油，她就做了三明治去了。浩一因此不高興，千秋也很倔強，「只是去加油而已有什麼好囉唆的？文科的男生就這麼小心眼。」她這樣頂了回去。浩一更加不高興，千秋完全不理他。

然後小悅就跟大家提議要製作廣播劇不是嗎。大家都贊成，沒人反對。靜香也是。然而她卻在電話裡責怪我說：「阿杏為什麼要幫忙啊。我以為妳是站在我這邊的。」

當時我幫了忙是因為有罪惡感。我也跟千秋一起去看了足球社的比賽。提議說一起做三明治的就是我，我想表現給當時的男朋友看，因為三明治做起來還挺費功夫的。

那麼久以前的事為什麼現在還來責備我？妳不這麼覺得嗎？我也對靜香這麼說了：「現在跟我說這個又能怎樣。」之後她雖然就沒再說什麼，當初製作廣播劇的時候我覺得大家的感情好像變好了，但靜香好像不是那樣呢。

因此她雖然說想辦同學會，但我覺得不見面可能比較好，所以我什麼也沒說。到了夏天靜香打電話來，說盂蘭盆節休假所以她昨天就回來了，來見個面吧。

次日晚上我們約在一家叫做「L'ISOLETTA」的時髦義大利餐廳，我去的時候看到千秋跟靜香在一起。千秋也在兩三天前回來，靜香打電話邀了她。為什麼要約情敵千秋？我吃了一驚。

我們三人叫了一瓶酒，舉杯共飲。「小悅結婚了呢。」我們交換近況，慢慢話題轉向了廣電社。但是聊到廣播劇恐怕有點危險，所以都只聊紀錄片的事情。

大家都好努力不是嘛。分工合作去訪問鎮上文化保存會的人，研究「月姬」的傳說。八十多歲的老阿嬤把自己比喻成月姬，講阿公的往事；「這形象好像……」大家有點倒彈三尺。聽到阿媽說她在阿公去打仗的時候每天祈願，我跟小悅都哭得希哩嘩啦的。

我們聊著這些往事，不知怎地就決定「那現在就去那裡吧。」「訪問了很多人，都沒有說只能許願一次啊。」「那就去吧。」最先這麼說的是誰呢，靜香嗎？

我們三人喝完兩瓶酒，情緒很高昂，而且我還失戀了，當時覺得這次去許願的話應該會成功。千秋則是覺得很好玩啊，於是立刻決定出發。

我們離開餐廳，一路走到松月山山腳的大松樹那裡，然後開始走上登山道。雖然不知道有什麼好樂的，但大家都很興奮，一面唱歌，一面做著不像的模仿秀，一路鬧著往上走。千秋突然開始背誦廣播劇的台詞，我也趁勢接了浩一的角色。

「除了你以外我誰也不愛。」

「妳之所以這麼說是因為現在我在妳面前。要是我不在了，感情也會消失的。」

我們你來我往了一陣子，等我注意到的時候，靜香早已一言不發。我心想糟糕了。當時我們剛好到了山頂，我急急說：「那就從靜香開始吧。」讓她在祠堂前坐下。因為這樣的話一言不發也就不奇怪了對吧。我在靜香之後也雙手合十許了願，最後是千秋。真是糟糕透頂。

坐著不說話就好了，千秋偏偏很high地推開我，還看著靜香說：「許願的時候大聲說出來也很好啊。」然後她說：「我希望成為浩一的新娘。」真的害我手足無措，不知如何是好，酒一下子都醒了。真希望小悅在場啊。我望向靜香，但是周圍很暗，看不見她的表情。

下山的路上順序是我、千秋跟靜香。好可怕啊。上山的時候很興奮大家鬧成一團所以不覺得，回程都沒人說話，四下一片漆黑，簡直不知道之前是怎麼上來的。拍紀錄片的時候男生們是不是有戴頭燈？

總之我只想快點下山，但是要快也快不起來。拍片的時候穿的是長褲跟運動鞋。但那天是參加晚餐聚會，我們三個都穿著短裙和有跟的涼鞋，也沒有噴防蚊液，被蚊子叮得一塌糊塗。因為這樣是有稍微加快腳步啦，但突然有人發出了尖叫。

我轉過頭看見千秋跌倒了。她的臉好像擦到了山路旁邊的石頭。「妳還好嗎？」我拉著她的手臂要扶她起來，她叫道：「好痛！好痛！」用雙手壓著臉頰，站不起來。我不知怎麼辦才好，就打手機給文哉叫他來接我們。

那時候浩一因為工作很忙，還沒有回老家。這種時候果然還是留在老家的同學可靠。文哉背著千秋一路下到大松樹的地方，那裡有路燈。我看見千秋臉上跟衣服上都血跡斑斑，差點就尖叫起來。

我們搭文哉的車到縣立醫院急診室，文哉、我跟靜香三個人都在那裡等，千秋傷勢嚴重必須住院，時候也晚了，千秋的母親趕到醫院後我們就離開了——。

從那以後我就沒見過千秋。據說是千秋說誰也不想見。

她右臉的傷口縫了二十針。

因為千秋傷勢嚴重，第二天我跟靜香一起接受了警察的偵訊，也去了現場。警察也是當地人，所以知道「月姬傳說」，不過還是罵我們年紀都不小了，竟然會發酒瘋三更半夜上山。這麼說來拍完紀錄片之後，社團的指導老師大場也這樣罵過我們，說要是出了事可怎麼辦。

千秋跌倒的地方是山路特別險峻的一段，地面崎嶇都是石頭。有一塊尖端銳利的石頭上沾了血，應該是在那裡割破臉頰受傷的。

意外的經過就是這樣。

妳真的是小悅吧。不是浩一吧。

我還是不太相信。

因為小悅以前都叫我「小實」的。從小一起長大的朋友跟我姊都叫我「阿杏」，所以大家都跟著這樣叫，但上了高中之後認識的朋友都叫我「小實」，因為那時候的偶像明星山岡幸實暱稱叫做「小實」，雖然我跟她一點都不像，大家還是這樣叫了。小悅是一直都叫做「小悅」吧。

然而之前的信裡妳回答了只有小悅才知道的事，讓我有點混亂。我還是希望妳是小悅。因為妳是小悅，我才跟妳說意外經過的。

當時我雖然跟千秋在一起，卻完全沒幫上她的忙。雖然有這種罪惡感，但那時我不知道還能怎麼辦。所以如果看了這封信以後，小悅能替千秋做點什麼的話，也請讓我幫忙。

就跟廣播劇《二十一世紀・月姬傳說》那時一樣。

杏實

阿杏：

謝謝妳告訴我意外的經過。

我不知道阿杏跟千秋的意外有這樣的關連，完全沒顧慮到妳的感受追問妳，真是對不起。雖然妳把事情經過告訴我了，我也不知道該怎麼辦，對不起。

想找尋千秋的下落，拜託專業人士的話應該立刻就會有結果。但就算我們跟千秋見了面，也仍舊不知該替她做什麼。當模特兒的千秋臉上縫了二十針的話，打擊一定非常大。但是千秋有這麼脆弱嗎？要是真的跟傳聞一樣因為精神方面的原因行蹤不明的話，我覺得應該不只是受傷的關係吧。

阿杏好像還懷疑我呢。

的確我以前是叫阿杏「小實」的。跟良太交往以後，他叫妳「阿杏」，我覺得這樣比較酷，好像也比較親密，覺得很羨慕，所以也慢慢改叫阿杏了。但當時都常是看心情交互著叫的，好像讓妳誤會了，真對不起。

我雖然跟良太分手了，也不用改掉「阿杏」這個叫法吧。

而且就算我不是悅子好了，阿杏為什麼一直懷疑寫信給妳的人是浩一呢？我不明白。浩一在出事當天好像不在，但那時他仍舊在跟千秋交往不是嗎？千秋既然會許願說「希望當浩一的新娘」，那就表示就算千秋可能劈腿，他們倆也並沒有到決裂的地步。既然如此浩一不可能不知道千秋受傷，他也可以跟文哉探問事情的經過啊。

所以阿杏為什麼覺得浩一要假裝成我來追問呢？浩一不用假裝成我，直接問妳不就好了嗎？他們分手時有什麼問題嗎？

雖然可能造成阿杏的困擾，但還請告訴我意外發生之後，除了千秋以外的其他人當時的情況。

悅子

小悅：

每次都懷疑妳真是抱歉。說得也是，浩一跟其他人不會現在來問五年前發生的意外經過。只有小悅什麼也不知道，所以才在意的吧。

妳是好奇嗎？還是真的擔心從小一起長大的千秋？我這麼問的話小悅當然會說「是為了千秋」。但在我看來小悅妳跟千秋交情並沒那麼好。

小悅說是千秋拉妳一起進廣電社的，但是妳稍微低沉的聲音真的非常好聽，繞口令很厲害，朗讀也非常拿手，完全不像是因為人家拉妳才進這個社團的。

千秋想進演藝圈，本來是要選電影製作社之類的，但是鄉下高中只有傳統的社團，所以就選了最接近的廣電社。只要事情一多千秋就撒嬌說「小悅是我姊姊啦～」，要妳幫她忙，妳總是精神抖擻地笑著說「包在我身上吧！」但還是時不時會嘆氣。

製作廣播劇也是因為千秋說「小悅，我跟浩一吵架了，拜託妳想想辦法啦。」不是嗎？

然後現在妳也為了千秋的事拼命。我不是諷刺妳，但每次都用手寫信很辛苦吧。老實說我本來這次想用電腦打字的，但我都懷疑妳是不是小悅了，還用電腦打字的話，妳可能會懷疑是什麼別人回的信、是不是要掩飾筆跡等等。

但是我其實記不得小悅的筆跡是什麼樣子。社團成員中我唯一記得筆跡的只有文哉。因為他成績好，大家總是要他幫忙寫功課。但是他的字像蚯蚓爬一樣歪七扭八，醜到大家不得不問「這寫的是什麼啊」的地步。

為了從小一起長大的朋友能做到這份上嗎？我之所以這樣懷疑小悅，可能是因為我沒辦法為靜香做到這個地步也說不定。

我跟靜香的關係該怎麼說呢。我們那個地區小孩很少，良太跟靜香，還有班上所有人大家都是好朋友，但要是像小悅妳們那裡一年級有四班的話，是不是還會這麼好呢？我不禁這麼懷疑。良太是男生，所以應該沒差，但我跟靜香不是同一個社團啊。

我進入廣電社的理由說來算是跟著千秋，要是有文藝同好社的話我應該會去那邊的。靜香為什麼要加入呢？入學後社團活動介紹結束後，靜香問我說：「阿杏決定要參加哪個社團了嗎？」我說：「大概廣電社吧。」她就說：「啊，跟我一樣。」當時我覺得文靜的乖寶寶靜香加入廣電社滿合適的，現在回想起來，她加入是想做什麼呢？

她又聰明又能幹，什麼都能做，但全都是輔助的工作；感覺起來並沒有「只有靜香才辦得到」的事情。而且她也不是大家的開心果。

那是浩一的角色吧。大家累了的時候，他都會講笑話逗大家笑。我專心寫稿子，熬出黑眼圈來，常常被當成笑點。說我戴著好像小悅搞笑用的黑框眼鏡，一頭亂髮，簡直是吃人的鬼婆等等——現在想起來真是有夠沒禮貌。

但是交報告給學生會，寫採訪邀請函之類的文書工作都由靜香一手包辦，所以大家才能盡情做自己想做的事吧。

靜香總是在背後默默地輔助大家。

我是要說什麼呢。對了，意外之後大家的情況。

我還是覺得千秋出意外我也有責任，我去過醫院很多次，還去了她家。她不肯見我我就送花，還寫信，只能寫些打起精神來之類的廢話。

靜香也跟我一起去過醫院一兩次，她要上班，非回大阪去不可，但她好像也有送花跟慰問品來。

文哉在那之後並沒特別做什麼。我們倆都是坐窗口的工作，見面的時候他會問我「千秋怎樣了？」嗯，文哉是不會覺得自己有什麼不足的啦。

良太夏天的時候不在，好像是過年的時候回來才從文哉那裡聽說意外的事。那個時候千秋全家都已經搬走了（他們搬家是那年秋天），他的情況跟小悅差不多。

浩一在意外發生兩星期後回來了，但好像沒見到千秋。我問過文哉，他說千秋打電話到浩一家留言，說要分手。詳細內容不清楚，但聲音聽起來好像很想不開。好像還說了「不遵守約定就會死」之類的話——

結果浩一沒見到千秋，就這樣默默抽身了。文哉雖然對電話留言有疑問，但決定權還是在浩一手上。

他們分手的真相就是這樣。

我覺得大家都盡力了。所以小悅也不要想著說要是誰怎樣怎樣就好了，要是我在的話怎樣怎樣就好了。

那是一次令人很難過的意外。我之所以想知道千秋的現況，並不是想替她做什麼，而是想見到她重新振作起來，幸福地過日子，這樣我會覺得好過些。

有時候我會這麼想像：

就算臉上留下了傷痕，但千秋仍然很漂亮。報紙電視上報導的整形技術好像非常發達，千秋的傷痕應該已經沒有了，現在跟比浩一更帥更好的人一起幸福生活著吧——要是偶爾碰見，我跟她說「千秋我好擔心妳呢」，她就大笑著回說「擔心什麼啊」——如此這般。

小悅要是調查千秋的事，只有在知道千秋幸福快樂的情況下再告訴我吧。

我還真是奸詐。

阿杏

阿杏：

抱歉勾起妳不好的回憶了。

就算五年前我在日本，應該也沒法幫上千秋什麼忙。但我能瞭解千秋為什麼要跟浩一分手。要是換成是我的話應該也會吧。當然對象不是良太，而是我先生。

我先生好像不是因為我的長相才被吸引，但我得跟他一起出席公司的宴會，帶著臉上有明顯傷痕的女伴，他會被人瞧不起吧。這樣的話我可能也會跟他分手。

我覺得電話留言也是需要勇氣的。

文哉有什麼疑問呢？

我想知道。

悅子

小悅：

我說得好像有什麼大了不起的隱情一樣，抱歉啦。我不該寫些會讓小悅擔心的話。是我不對。

意外發生的時候文哉幫了大忙，我覺得該謝謝他，就邀他去喝過酒。以下是他跟我說的話——

交往那麼久，會在電話留言裡分手嗎？

就算不想直接見面或打電話，也可以寫信或傳簡訊，把自己的想法好好說清楚。千秋為什麼選擇電話留言呢？平常留言的時候就會被嗶聲打斷，我覺得這說不過去，想了很久。浩一說的話有一句讓我很介意。

電話留言裡說「不遵守約定就會死」，廣播劇《二十一世紀・月姬傳說》有同樣的台詞吧——

妳還記得月姬傳說的故事嗎？

月姬擔心出征的丈夫，到松月山頂的祠堂許願。月的精靈出現說：「妳的丈夫身陷險境。從今晚開始連續十天都到此處參拜的話，丈夫就可平安回到妳身邊。但是許願之後下山，一直到山腳大松樹處，一路上都不能開口。」說完之後精靈就消失了。第二天起月姬每天晚上都到松月山頂去許願，但戰火漸漸逼近，母親阻止她外出，但她為了丈夫仍舊堅持前往。最後一天晚上，她在下山途中遇到敵軍的逃兵而被殺。然而月姬直到最後一刻都沒有發出聲音。第二天，她的丈夫就平安回來了。

這故事大家都從文哉那裡聽了不知多少遍。我根據這個故事改寫了現代版。男主角不是丈夫而是男朋友，不是去打仗而是去參加辯論比賽的全國決賽，途中出了意外。最後月子並沒有死，而是受了重傷。結果這竟然成了事實——對了，我要說文哉說的話。

在母親阻止她外出的那一幕：有「不遵守約定就會死」的台詞。廣播劇裡是「不遵守約定他就會死」的意思，要是在電話留言裡直接這麼說了，是不是就變成「不遵守約定千秋就會死」的意思呢？

為了讓吵架的小倆口和好，劇情是從他出發去參加辯論大賽的前一天受傷的場面開始的。我不想看見你的臉。不想跟你見面。不要傳簡訊也不要打電話，絕對不要主動聯絡我。一連串這樣的台詞，然後第二天就傳來他受傷的消息——

千秋給浩一的電話留言是不是從廣播劇裡編輯出來的台詞呢？可能是我驚悚片跟推理小說看太多了，但阿杏你不覺得很可疑嗎？

啊，好像是我想太多了。因為有廣播劇ＣＤ的只有廣電社的同學。如此一來——

大概就是這樣。

文哉從以前就是這種個性，有介意的地方就要追根究柢。所以只不過是午休時的五分鐘新聞報導，他也要說再詳細調查一下啦，於是大家只好在學校待到天都黑了。

可能正因如此，聽到文哉這麼說，我就把《二十一世紀．月姫傳說》拿出來又聽了一遍。果然有「不遵守約定就會死」這樣的台詞，一開始吵架的場面也是，就算沒有高超的編輯技術，只要慢慢拼湊也可以輕易做出分手的留言。千秋演技逼真，發生了意外之後留了這種言，大家都會深信不疑吧。

文哉沒提起前，寫劇本的我竟然毫無所覺。但是就算察覺了應該也不能怎麼辦。文哉一定也是同樣的想法。現在在看這封信的小悅也是——

想說去弄電話留言的是不是靜香。

意外發生後，在浩一回來看千秋之前，編輯CD把留言先錄好。或許她回大阪後跟浩一見了面，直接告訴他千秋出了事。跟他說千秋不肯見我們：要是我也跟她一樣破相了的話，可能會想去死；用這樣的話來誘導浩一離開千秋也未可知。

我為什麼能這樣毫不在乎地寫著懷疑朋友的壞話呢？

其實文哉在提出編輯電話留言的假設之後，還說了另一件事。意外發生之後，雖然沒有人見過千秋，但文哉曾經接到過一次千秋媽媽打來的電話。問他「千秋的手機有沒有掉在你車上？」

看來那天晚上千秋的手機掉了。她媽媽說問過警察有沒有掉在意外現場，好像是沒有。是不是靜香拿走了呢？這樣千秋就沒法跟浩一聯絡了。

要是這樣的話，靜香是什麼時候撿到千秋的手機，然後想到可以這麼做的呢？千秋跌倒的時候？在文哉車上？第二天在意外現場？本來想著之後還給她，但想到可以利用就沒還了？話說回來千秋的手機真的是掉了嗎？

下山的時候文哉背著千秋，但是千秋用手摀著臉，身子不是很穩，我從背後撐著千秋的背，靜香拿著千秋的包包跟在後面。是不是那時候拿走的呢？

在「L'ISOLETTA」聚會時跟千秋交換了聯絡方式。我拿出了記事本，千秋卻打開手機說這樣比較方便。所以如果沒有手機的話，大概不只是沒法通話跟傳簡訊，可能連浩一的地址跟電話都不知道了。這樣的話就無法跟浩一聯絡。

既然已經說到這個地步，那我可以寫出最糟糕的想像嗎？

意外真的是意外嗎？

我回想起下山時的經過，還有一個讓我無法釋懷的地方。

靜香在發生意外的那天晚上，下山的時候一直到大松樹那裡都一言不發。千秋跌倒的時候，我打電話的時候，文哉來了以後，她一句話都沒有說。當時我心裡一定覺得奇怪，但過了五年也就忘得一乾二淨，衷心地為坐在浩一旁邊的靜香拍手祝福。

我這個樣子，千秋一定不會原諒我吧。

我已經毫無隱瞞全部說出來，把真相託付給小悅妳了。

小悅，我能幸福嗎？

阿杏

阿杏：

謝謝妳告訴我真相。讓妳想起不好的回憶真是對不起。但是我想跟妳說，謝謝妳幫了受傷的千秋。

我相信千秋一定也很感謝妳。

再度恭喜妳要結婚了。寫了這種信，我不知道還會不會收到喜帖。我結婚的時候因為丈夫是再婚，所以只在公司派駐的海外當地教會舉行了兩個人的儀式。

要是知道了千秋的下落，我會通知妳的。要是可以的話也請寄喜帖給千秋，她應該會很高興的。

祝妳幸福。

悅子

小靜：

謝謝妳前幾天招待我參加婚禮，真是非常棒的儀式。蜜月旅行是去澳大利亞對嗎？怎麼樣？好玩嗎？我腦中只想得出愛麗斯岩、歌劇院、無尾熊、袋鼠等等小學生程度的名勝，但是跟浩一一起一定到處是美景，做什麼都好玩吧。

不好意思，今天才寄婚禮的照片給妳。專業的攝影師應該拍了很多了，但我想妳應該也會想看看從親友桌的角度拍的照片。

婚宴真的非常開心。果然同社團的同學結婚真好。一面看著新郎新娘，一面在親友桌上聊以前的事，還得知了大家的近況。要是能全員到齊就更好了。

千秋發生意外的事，我從阿杏那裡聽說了。因為她也在現場。雖然過了五年，現在好像仍然有罪惡感。阿杏一開始似乎並不怎麼介意，但回想起當時的情況就漸漸激動起來，我雖然覺得沒什麼好擔心的，但小靜妳一向認真，或許發生意外之後一直都有強烈的罪惡感也說不定，我有點掛懷。

不管怎樣，我真的覺得靜香跟浩一很配。

新婚生活乍看之下是由浩一主導，其實是靜香一手掌握吧。結婚之後也繼續工作不是嗎？婚宴上公司的人叫妳主任呢。妳一定非常努力。我結婚之後就辭了工作，所以很羨慕妳。每天都放假的日子平淡沒有起伏，腦子好像都要遲鈍了。

小靜放假的時候會不會跟浩一一起看以前廣電社製作的影片或聽CD呢。我在婚宴上看到紀錄片，感覺好懷念，就叫人從老家的櫃子裡找出來寄給我，著迷地重看重聽。

特別是廣播劇《二十一世紀・月姬傳說》讓我一面聽一面笑，耳朵都快長繭了。「我愛妳」啦、「我不想看見你的臉」啦，即便是演戲，也只有青少年時代才能這麼正經八百地說出來。主角是千秋，靜香可能覺得不太舒服就是了——

不，小靜一定不會在乎這種事的。因為小靜跟浩一兩人同心合力，跨越了更大的障礙才有今天。

其實這齣廣播劇讓我有點介意。錄音的時候並不是大家都在場吧？演員只有千秋、浩一跟我三個人，錄浩一跟千秋對手戲的時候我在準備音響效果，空下來的人都去辦別的事了。當然除了演員之外大家也都總動員——

錄好的每個場景都由良太跟文哉編輯，剪接成廣播劇，試聽會的時候浩一不在。他說這麼丟人現眼的東西怎麼能聽啊。把CD給他之後問他：「聽了沒？」他回道：「誰要聽那種東西。」我記得一直到畢業典禮那天他還這麼說。

對我而言這是劇本、演員、編輯等最花了心思的作品，浩一雖然那麼說，我還是希望他能聽一下。小靜能運用賢妻的特權，跟浩一確認一下他聽過沒有嗎？當然小靜不願意的話也沒關係。

寫了半天都是些無聊話，真不好意思。

祝你們兩位永遠幸福。

悅子

高倉悅子小姐大鑒：

謝謝妳前些日子來參加我的婚禮。遠道而來，真的非常感謝。妳會在日本待到何時？小悅這麼多年才回來一次，一定不要留下遺憾喔。

小悅不知道從誰那裡聽說了千秋的事，想要探詢真相吧，妳從以前就是大家的和事佬，我一向在乎別人的眼光，跟沒有心機的小悅在一起感覺最輕鬆。好就是好、不好就不好、難吃就難吃、喜歡就是喜歡。總是直來直往的小悅用繞著圈子的奇怪方式問我話，我立刻就知道妳在懷疑我。

小悅變得不像小悅真是太可惜了。我認識的小悅，要是懷疑我跟千秋的意外有關連的話，就會直接要我說出真相才是。

高中畢業已經十年，我知道大家都不可能沒變。我也變得比高中時代善於表達自己的意見了。

高中時的小悅氣質分明不輸給千秋，但卻一點不打扮，帶著黑框的深度近視眼鏡，一頭蓬亂的長髮，別說化妝了，連唇蜜都沒見妳塗過。妳來參加婚禮的時候，穿著高雅的洋裝，頭髮做得好漂亮，真是豔冠群芳。

我忙著招呼親友跟上司，沒能當面跟小悅這麼說，真是可惜。浩一有沒有聽過《二十一世紀·月姬傳說》的廣播劇？我可以猜測小悅為什麼想知道，但我並不想在這裡說出答案。

妳要是小悅的話，就像小悅那樣問我吧。

另外就是雖然浩一應該不會拆收信人是我的信件，但寄信人若是小悅，他可能會誤以為是寄給我們兩個人而拆開看了。昨天剛好我比較早回家（我現在是在公司寫這封信），但平常大都是浩一先回家，沒法保證他不會拆信。

我可以用電郵或是手機簡訊之類的其他方式跟小悅聯絡嗎？為了保險起見我把電郵地址（我跟浩一並不共用帳號）、手機號碼都寫在便條紙上一起寄給妳。要是有難處的話，我另外想辦法。

要是妳不打算再寫信來也無所謂。但是如果要寫的話，請寫讓浩一看到也沒關係的內容，或者不如說請小悅自行判斷，內容以要讓浩一閱讀為前提再寫。

或許這次的來信妳原本也打算讓浩一看到？

雖然收到妳親筆寫的信，但我卻用電腦打字回妳，真是不好意思。工作實在很忙，只能用盡量節省時間的方法。

再聊。

山崎靜香謹啟

小靜：

謝謝妳在百忙之中回信給我。我們都結婚為人妻，有什麼共同的的話題可以聊呢？我一面思考一面寫這封信。

大而化之直來直往，這才是真正的小悅——小靜眼中的我是真正的我嗎？

阿杏跟千秋也都這麼說，所以我在高中時代對於這樣的自己從來沒有質疑過，覺得就是這樣了。但是我也會因為小事而消沉，會在乎周遭旁人的觀感；我這樣說的話對方會怎麼想，然後自己煩惱一晚上之類的。我直來直往的表現也是煩惱過後的結果。

注意到我其實有另一面的人，高中的時候是良太。他對我的理解程度大概是百分之五十左右吧。注意到跟理解是兩回事。良太是在教我如何一個人編輯廣播劇的時候注意到的。雖然我們沒怎麼說話，但我們對音樂和電影的興趣相似，兩個人在一起十分愉快。

那我們為什麼分手呢？我大而化之直來直往的表現並非都是假象，我雖然喜歡安靜的娛樂，但大家在一起鬧著玩我也是喜歡的。

我去東京上學，良太去了名古屋，大家覺得我們是因為距離分手的，但其實不是。良太不喜歡小靜妳們所知的我。現在說這些都是馬後砲了，但要是我沒接近良太的話，他應該是喜歡小靜的吧——十幾歲時眼裡看得到的世界是很狹隘的。

上了大學，遇到理解我的程度達到百分之七十的人；進了社會遇到理解我的程度達到百分之九十的人，就是我先生。或許這樣簡單解釋的只有我單方面，因為我覺得自己並不怎麼瞭解我先生。

小靜跟浩一有多瞭解彼此呢？

請跟浩一說小悅跟妳聊了這種話題。

至於我的通訊方式，現在回國暫住的公寓並沒有電腦，我也沒有辦手機。要是能夠的話我還是希望通信，寄信人的名字我用假名（當然還是女性的名字）可以嗎？

非常不好意思打攪妳，拜託了。

悅子

高倉悅子小姐大鑒：

謝謝妳的來信。接下來妳會用假名通信，我知道了。

上回的信我沒考慮到小悅的心情，說什麼要妳像小悅之類的話，真是對不起。我們高中三年幾乎天天都在一起，我卻沒察覺小悅的另一面，這也很對不起。我覺得我之所以沒察覺到，或許是因為大家對我這個人的印象跟我認知的自我形象一致的緣故。

良太注意到小悅其實有另一面，對我而言卻沒有這樣的人。後來還有更加理解小悅的人出現，妳能認識這樣的人真是太好了。

我一面讀妳的信，一面找出高中時代的照片來看。全縣大賽頒獎典禮之後，所有女生一起照了相。千秋仍舊是模特兒的架勢，小悅跟阿杏則是得了獎喜孜孜的表情，只有我還是一張臭臉。不只是那次，其實一直都是這樣。

分明在同樣場合做著同樣的事，大家都在笑，我為什麼笑不出來呢？到底是有什麼好笑的呢？會不會是在笑我？可能是我頭髮亂了。可能我牙齒上沾了東西。可能有人在我背上貼了奇怪的紙條。

我一面想像著各種可能性，一面脫隊去洗手間，檢視自己的服裝儀容，但沒有任何異常之處。小悅的頭髮比我亂得多，阿杏常常張著嘴發呆，千秋吃零食的時候碎屑掉得到處都是，我是最端正的。可能大家是在笑我太死板了。

很誇張吧。我只不過笑不出來，就感到如此不安。

此外就是我不擅長第一個開口，不擅長打頭陣。要是接下來開口的人跟我的意見差很多，只有我一個人獨持己見的話，一定會被嘲笑吧？我也曾經因為這樣擔心害怕，特別介意自己站在哪裡，會不會第一個被點到。猜拳決定順序時我也拼了老命。

特別是一年級暑假時的夏令營，晚上我們四個人輪流說出喜歡的男生不是嗎？是千秋提議的？要我絕對不願意，但小悅跟阿杏都興致勃勃，果然就只有我跟大家不合拍。

說出自己喜歡的人多丟臉啊，到底有哪裡好玩了。而且我們才剛剛入學，根本沒認識幾個人，哪裡談得上有喜歡的對象，這可該怎麼辦。要是只有我說「沒有喜歡的人」，那大家一定會覺得我很無趣。

我心裡這樣想著，大家開始猜拳決定順序。我出了石頭。因為我知道阿杏一開始都會出剪刀的。我們兩人的家附近有一座要爬百段階梯才能到達的神社，小學生的時候我們常常在那裡玩剪刀石頭布，石頭是固力果、剪刀是巧克力、布是鳳梨。阿杏一開始總是出剪刀，是因為贏的話就可以進五階，輸的話對手也只能進三階。很單純吧。

小悅跟千秋也都出了石頭，所以阿杏最輸得第一個說。之後的順序就無所謂了，我想總之跟阿杏說一樣的人就好。第一個說的是阿杏真好。因為阿杏認識的人等於我認識的人，要是阿杏露出不高興的表情的話，我就說「但是我也沒有那麼喜歡啦」，然後讓給她就是了。

阿杏說的人是浩一。

阿杏從小就喜歡偶像，所以她會說喜歡浩一我可以理解。於是我按照計畫也說喜歡浩一，之後千秋跟小悅也說是浩一。原來只不過是挑帥哥啊——，我這才明白大家為什麼這麼樂，心中暗暗鬆了一口氣。

大家一起加油吧，告白失敗的話就祝福成功的人吧，雖然喜歡的人都一樣，氣氛卻一點不沉重。只有我把「喜歡」這個詞看得這麼嚴重，簡直跟傻瓜一樣。

以後也能像現在這樣一起玩就好了。我獲得了大家的接納。因為討厭一個人放學，所以跟阿杏一起進了廣電社，同社團的是這些人真的太好了。

那時候我對浩一的感覺其實只有這樣而已。但是說出來真的有不可思議的後果。這是不是就叫做言靈呢。說了「我喜歡的人是浩一」這句話，從第二天開始就慢慢被他吸引。但真的覺得自己喜歡他的時候，他已經在跟千秋交往了。我之所以喜歡浩一的理由並不是因為他外表很帥、或是人很有趣。

是因為他邀我一起加入和大家一起笑。妳明白這個意思嗎？

比方說，大家在討論的時候，除了我以外大家全都笑出來。沉默寡言的良太都在笑。

文哉苦笑著說：「饒了我吧。」但是我完全不知道笑點在哪裡。我擔心自己的頭髮跟衣服。

這個時候浩一就會不經心地說：「小靜，妳看文哉的字，簡直像是蚯蚓爬。明明是主題看起來像是王題啦。」他這麼說了我才終於能跟大家一起笑。並不是王題有什麼特別好笑，而是因為大家笑的原因不是我，鬆了一口氣才笑得出來。

同樣的事發生過好多次。要是《松月山・鬼婆傳說》的話主角就是小悅了、小實黑眼圈好熊貓、良太竟然帶著可愛的鑰匙圈等等，只要有浩一在，我就能跟大家一起笑。就算當不成他的女朋友也沒關係。

但是我卻跟浩一結婚了。這世界上的幸福莫過於此。小悅說的理解程度，雖然我們在一起很久，理解程度可能並不高。但是他是能讓我笑的重要的人。對他而言，我是他想哭時能讓他放心痛哭的人。我覺得是這樣。

很難想像浩一哭的樣子吧？他在大家面前總是滿面笑容妙語如珠，但其實他心思細密容易受傷──對了，跟小悅一樣，有外表下的另一面。既然浩一跟小悅是同一種人，那我就回答小悅的問題。

浩一聽過《二十一世紀・月姬傳說》。好像從高中的時候就開始聽了，跟千秋分手之後，還曾經關在房間裡從早聽到晚。要是CD壞了不能聽了，他應該可以從頭到尾在腦中播放都沒問題。

當然千秋跟小悅兩個人一起錄的場景，以及千秋說「不遵守約定就會死」的台詞他都滾瓜爛熟。

這樣妳滿意了嗎？

山崎靜香謹啟

小靜：

謝謝妳的回信。

正如小靜猜到的那樣，我的確懷疑妳。

小靜喜歡浩一。所以利用千秋破相的機會，編輯廣播劇《二十一世紀．月姬傳說》的台詞，打電話給浩一留言，讓他們倆再也不見面。

所以給浩一的電話留言，真的是千秋親口留下的囉。

當模特兒的千秋受了臉上縫二十針的重傷，一定不想讓喜歡的人看到。大家都這麼覺得嗎？浩一也是？

如果是這樣的話，那千秋就算不受傷，應該也沒法跟浩一順利交往下去。我如果大而化之的話，千秋就是漂亮自尊心強這種形象。但那應該也只是千秋的一面，並非全部。千秋並沒有那麼堅強。

就是因為受了重傷，所以應該更希望有人在旁邊陪她。意外發生之後手機掉了，所以沒法立刻打電話說「來陪我吧」。即便如此，我也不覺得千秋在還不知道會留下怎樣的傷痕之前，就刻意主動打電話去分手。

所以就算浩一有聽過廣播劇，覺得電話留言是真的，我還是認為電話留言是編輯廣播劇台詞的產物。

不是小靜的話，會是什麼人做這種事呢？

有CD的只有廣電社的七個同學。

假設是男生的話會如何呢？文哉、良太。他們之中有誰喜歡千秋，所以先讓她離開浩一，然後再替她打氣接近她。

編輯技術最高超的是良太，他或許可以做出讓浩一信以為真的成品。微調音調或話聲的速度等等。但我聽說良太那年夏天沒有回老家，一直到次年正月才知道千秋發生意外。

那麼是文哉嗎？雖然我從來不覺得他喜歡千秋，但從狀況來看也不是完全無法想像。當天他救了千秋，千秋的電話可能掉在他車上。他人在當地，可以隨時去探望。但是據阿杏說，意外發生之後文哉並沒有主動跟千秋聯絡。但那只是阿杏不知道，其實他可能去看過千秋也說不定。

女生的話，我根本完全狀況外，應該可以直接排除。當年夏令營的時候我也跟小靜一樣，覺得說誰都無所謂；因為猜拳輸了，只好當第一個。這樣說好像有點那個啥，但當時我想說浩一應該最保險啦。

說喜歡廣電社的同學大家可以聊得比較熱絡，要是說了浩一以外的另外兩人，一定會被問「為什麼？」我跟他們都不同中學，當時連個性都不太瞭解，要是隨便憑著印象回答，妳們一定會懷疑「真的喜歡嗎？」所以我想要是說浩一的話，大家應該都能認同。我也沒像小靜那樣，因為說出口了就真的開始在意他。

但是我注意到浩一其實是個心思細密的人喔。與其說是細密，不如說他雖然一舉一動都引人注意，但卻不想負責。這樣的事發生過好多次。

為了錄《月姬傳說》，大家一起去了松月山頂的祠堂不是嗎？浩一是社長，他應該跟社團輔導老師大場報告要出去採訪，但他說：「既然是要去拍戀愛許願的影片，老師跟著去不是很煞風景嗎？」所以故意沒跟老師報告。

後來老師看到了拍回來的影片，知道我們擅自在夜間活動發脾氣的時候，浩一說：「文書工作不是該副社長做的嗎？」把責任推給小靜，自己率先溜之大吉。小靜只好跟老師道歉，但我卻不能釋懷。

這種事情一旦有過一次，各種各樣的小地方就會開始扎眼，我就覺得浩一有點差勁了。更別提千秋跟浩一吵架，大家為了讓他們和好一起製作廣播劇；說要大家幫忙的是浩一，但其他人卻以為是千秋來拜託我。

我沒明說是誰來拜託我，只說為了讓他們倆和好，「不如趁此機會做一齣廣播劇，當今年的校慶的節目吧。」完成之後浩一誇張地鬧彆扭說「這樣太丟臉了啦」，所以大家才誤會以為是千秋來拜託的。

但我也並非一直都這樣想。對浩一的第一印象的確是很帥又風趣。採訪收錄時的小插曲是因為在意千秋的意外事件，反覆重看以前的錄影帶、聽以前的ＣＤ才想起來的。

我想知道千秋是在哪裡跌倒的，紀錄片中在松月山頂的祠堂許願後下山的場面我重複看了許多遍，仔細地檢視每一個角落。我發現了一個有點奇怪的地方。就在我不小心說出「星星好漂亮」那裡。我回想自己為什麼突然停下來抬頭望著天空。那時候我在跟良太交往，應該才剛許願說「希望能一直好下去」才是。

然後我想起來了。那個地方的斜坡到處都是大小不同的石頭，我後面的阿杏踢到的石頭滾下來，我踉蹌了一下，所以就暫時停下腳步，在路邊抬頭望向天空。

停下來之前的錄影帶畫面有微微滑動的感覺，所以應該沒錯。接著小甲蟲飛進阿杏嘴裡，大家的注意力都被吸引過去了，但看畫面旁邊，就可以發現在阿杏笑出來之前小靜明顯地腳下一滑。

那天小靜妳穿著可愛的涼鞋對吧。上山的時候我心想一定好難走。涼鞋有好多條銀色的細鬆緊帶，上面裝飾著金色的小星星，我覺得跟「月姬傳說」真是太配了。

涼鞋尖端的部分是草鞋的形狀，月姬或許也是穿著這樣的鞋子。以前沒有路燈，她得一手提著燈籠走，連續十天一定很辛苦。被逃兵追的話這樣是逃不了的。我記得上山時我這樣想著。

大家在後面又笑又鬧，但小靜在走到大松樹那裡之前一句話都沒有說。我們大家都是因為要拍片才去的，但我完全沒有那種自覺。

沒有忘記任務的良太從那時候開始就只拍小靜。小靜抿著嘴，一步一步慎重地走著。我只看得到小靜的背影，心想小靜果然還是喜歡浩一。走到大松樹那裡之後，文哉發火了。

「你們還記得我們是來拍紀錄片的嗎？多少算是設法拍到了，你們都要感謝小靜！」

我記得他是這麼說的。原來如此。小靜或許是拿浩一許了願，但她也記得我們是來拍紀錄片的。小靜果然認真。直到看了妳上一封信之前，我都是這麼想的。

我完全沒注意到小靜把能跟大家一起笑的這件事看得這麼嚴重。對不起。我也沒注意到浩一不著痕跡地默默幫助妳。這分明也是浩一心思細密的表現，我卻沒有注意到好的地方，盡用放大鏡看不好的地方，真是太差勁了。我沒注意到小靜的心情，應該傷害過妳好多次吧。

良太的牙齒上黏著炒麵的海苔所以可笑，阿杏的睫毛膏暈開到眼睛下面所以可笑，看見文哉蚯蚓爬一樣的筆跡，想著可以怎麼誤讀而笑了。只是笑而已。要是我說出來就好了。「良太，牙齒上黏著海苔喔。」這樣。沒說出來的話不僅被笑的人不安，連不知道在笑什麼的人也都忐忑起來。

小靜一直都非常端正，我們從來都沒有笑過妳，但還是傷害到妳了。真的，我們一次都沒有笑過妳。

但是那天晚上下山的時候，小靜以為我們在後面笑妳吧。笑妳腳滑了一下，所以妳才一次都沒回頭，默默地走下山。緊抿著嘴唇是忍住不甘心吧。那天小靜在走到大松樹處之前一聲也沒吭。

要是小靜停下腳步回頭的話，浩一可能會說「小甲蟲飛進阿杏嘴裡了耶～」我雖然覺得不能怪小靜，但小靜當時一心只以為我們都在笑妳。

山路只有那一段不好走。

那條山路雖然整理成階梯般的狀態，但颱風來襲的時候有些地方被水沖壞，造成落石堆積。就算修繕過，第二年颱風再來還是一樣，所以已經好幾年沒有修過了。晚上幾個小孩自己上山去，要是有人受傷了可怎麼辦啊。

大場老師這樣罵我們。

我想千秋應該就是在那個地方出事的。小靜啊，當天妳們三個人下山的時候，妳有沒有想起高中那段歲月呢。有沒想起在後面跟浩一一起咯咯笑著的千秋呢。

我不是要逼妳說那並非意外。請讓我相信那的確是意外。

再聊。

悅子

高倉悅子小姐大鑒：

來信拜讀。

我第一次知道原來那天晚上大家在後面笑鬧是因為阿杏嘴裡飛進了小甲蟲。

並不是我沒回過頭去看的問題。要是浩一不幫我我就不明白的話，那之後問大家發生了什麼事也是可以的。阿杏雖然常常被笑，但她會一邊說「哎？什麼什麼？」一邊跟大家一起笑，就算大家笑的是她也一樣。要是我也能這樣就好了。

那個時候我跟小悅想的一樣，以為大家在笑我。但是笑的原因並不是因為我腳滑。我以為是連涼鞋在內的一切都被笑了。

那天晚上，除了我以外大家都穿運動鞋。服裝則是長袖襯衫、運動長褲，要不就是短袖襯衫外面穿著長袖外套。文哉說了要大家穿方便夜間爬山的服裝。

但我卻穿著短袖洋裝，披著一件薄薄的小外套，腳上套著涼鞋。我為什麼穿這種衣服來？因為阿杏說要好好打扮一下。

在社團辦公室開完會以後，大家先各自解散。我跟平常一樣和阿杏一起回家。兩人都因為晚上還要出門而興奮異常。

阿杏問我說靜香想許願跟誰好？現在有喜歡的男生嗎？我回說：「我們是去拍紀錄片

的，怎麼可能真的許願啦。」然後阿杏就說：「也是，這次我們都會被拍進去呢。」

我負責幕後工作，阿杏負責劇本，在此之前我們從來沒上過鏡頭，兩個人突然都緊張起來。

這個企畫一開始是以小悅報導千秋去許願這樣的形式進行的，但因為是紀錄片，最好能拍出大家同心協力調查這個傳說的感覺，要表現這個鎮上的女生無人不知無人不曉的「月姬傳說」，所以突然就變成拍攝四個女生一起去許願，最後再加上小悅的旁白。

阿杏說要穿什麼衣服去呢？她開口之前我完全沒想過。

白天採訪的話穿制服就好，晚上在山上拍攝穿制服不就有點奇怪。那穿運動服吧。拍月姬傳說，穿運動服太沒氣氛了。確實是千秋這麼說。文哉說穿行動方便的衣服，千秋說要穿跟月姬傳說相配的衣服。小悅一向都不注重打扮，但攝影的時候頭髮也都梳得好好的不是嗎？

這樣的話只有我們兩個穿著登山服裝不是反而很奇怪，要是紀錄片去參加比賽，豈不是會被陌生人笑話。

阿杏越講越激動，我也覺得她說得沒錯。而且要是穿便服的場合讓浩一看到我穿著邋遢的衣服，那他可能會以為我平常也都是這副德行。雖說是登山，但據說有階梯，那樣的話稍微穿漂亮一點應該也無妨。

「卯起來打扮吧。」阿杏說。

集合時間是晚上八點，所以我們約了七點半碰面，然後各自回家。我把衣櫃裡的衣服都翻出來，這也不行那也不好，煩惱了半天。簡直像是第一次約會一樣。

浩一喜歡怎樣的衣服呢。說不定是千秋常看的少女雜誌上那種時髦的衣服。夏令營的時候千秋穿的T恤也很可愛。但要是讓別人以為我是為了浩一才打扮的也不好，還是選跟「月姬傳說」相配的衣服吧。

我認真地考慮這種事，真的很蠢對不對。我拿出絕對合適的夏天涼鞋，雖然有點涼，但配合涼鞋還是穿了短袖洋裝。

阿杏一向沒啥時間觀念，她到我家的時候已經七點四十五分了。我看見她吃了一驚。她穿著長袖襯衫和運動褲。完全沒打扮。但阿杏也很驚訝。

「靜香，穿這樣去爬山沒問題嗎？」

「阿杏不是說要卯起來打扮嗎？」

「嗯，但是我媽說太危險了，還是穿長褲吧。所以我卯起來打扮了這裡。」

阿杏指著自己的腦袋。她把頭髮在兩邊太陽穴盤了髻，與其說是月姬反而比較像織女的髮型，還用草莓香味的髮膠固定，果然是卯起來打扮了。她也化了淡妝。我本來想叫她等五分鐘，我進去換衣服再來，但我不想讓大家等，所以就這樣去了。阿杏雖然沒打扮，但我想千秋一定會穿得漂漂亮亮的。

到了山腳大松樹那裡集合的時候我簡直驚呆了。大家都穿著跟阿杏一樣的衣服，只有我一人刻意打扮。真是丟臉。

但是大家並沒管我穿什麼。

千秋跟浩一雖然穿著外套，但底下的T恤是一樣的所以被取笑了。月姬搞不好會吃醋，等著拆散你們也說不定喔？文哉這樣揶揄，浩一還生氣了。

大家趁著夜色未深開始登山，順序跟下山時一樣。中途良太問了我一次：「妳還好走吧？」我回說：「沒問題。」之後就沒人再提了。上山途中背後一直傳來千秋跟浩一愉快的聊天聲。

「浩一，你為什麼穿這個啦。昨天不也穿這件嗎？所以我今天才穿的說。」

「我們家晚上洗衣服的，我只是隨便拿一件洗好的來穿而已。」

差不多是這樣的對話。雖然有點拌嘴的意味但其實很愉快，讓我覺得自己好悽慘。真想快點結束回家去。

許願也只是裝個樣子而已。本來是想祈求浩一喜歡我的，但許這種願讓我覺得沮喪挫折到極點。大家都許完願下山的時候，我心想終於可以回家了，偷偷鬆了一口氣。而且下山的時候不能說話，可以不用聽到他們聊天，平安了結一樁事。

但是──我一面注意腳下一面慢慢往下走，後面突然有人說「星星好漂亮」。是小悅的聲音。我以為她是在說我的涼鞋。小悅想到什麼就說什麼，加上句子沒有主詞，但我覺得這應該是稱讚吧。接著就聽到千秋咯咯亂笑，浩一好像也笑了起來，我以為他們倆在取笑我的涼鞋跟不合時宜的服裝。

要是轉頭看見浩一在笑的話，我一定會當場哭出來。本來想要賭氣回頭的，但總之一心只想下山，想回家。離千秋跟浩一遠遠的。

結果其實是在笑小甲蟲。蟲子被阿杏頭上香甜的髮膠氣味吸引，飛到她塗著口紅的嘴裡去了。果然很好笑，要是我也會笑出來。光是想像就令人噴飯。

當然，就算過了五年，回想起來還是笑了。

千秋受傷不是意外。但是知道了真相小悅打算怎麼辦？如果只是好奇的話，我就不會繼續說下去了。小悅從高中的時候就是一個人在安全的地方觀察我們，然後樂在其中不是嗎？

我不會為了讓小悅自我滿足而說出真相的。

山崎靜香謹啟

小靜：

謝謝妳回信。

我不知道原來小靜跟阿杏還有那一段插曲。到頭來紀錄片只剪輯了小靜的部分，洋裝也跟內容非常搭配，是一部非常好的作品。再加上「月姬傳說」跟松月神社的歷史，以及祭典的內容，參加比賽還得獎了。皆大歡喜不是嗎？

這樣書信往返氣氛漸漸沉重起來，意在言外的句子也越來越多，但既然紀錄片都在婚宴上播放了，小靜應該沒有那麼在乎才對。

千秋受傷不是意外。小靜這麼寫的意思是說自己或是阿杏讓千秋受傷，而且不會為了滿足我的好奇心而告訴我真相。妳怎麼能用這種態度說話呢？要是不可能是因為好奇才問的人，比方說千秋的爸媽寫信來的話，小靜妳也會這樣回嗎？

我覺得小靜根本是自我陶醉。只是因為妳知道我不知道的事，所以充滿了優越感而已。要是真的不想告訴我的話，就直接說是意外不就得了，哪需要裝模作樣地那樣寫。分明就是以前不明白大家在笑什麼的小靜，現在立場倒轉，覺得這事我知道而妳竟然不知道？沉浸在優越感裡吧。

小靜不止是不喜歡被別人笑（本來也就是妳多心），還想要笑別人嗎？

既然小靜說千秋受傷不是意外，那如果妳不肯告訴我的話，我就另想辦法找出真相。我可以去問阿杏，甚至可以找浩一。或許去報警更好。但就算讓千秋受傷的是我們這群夥伴，我也並不想去報警。

我打算怎麼辦？嗯，如果不是意外的話，我就去找千秋，然後告訴加害的人千秋在哪裡，希望她告訴千秋真相，跟她道歉。僅此而已。

要是只有我不知道真相，千秋早就知道了，加害者也已經道過歉，千秋也原諒她的話，那也就不用告訴我真相了。因為我並非要滿足自己的好奇心。我擔心下落不明的朋友，卻被妳認為是要滿足自己的好奇心，我們之間的友誼還真是淡薄啊。

小靜或許認為我是因為跟千秋從小一起長大，感情特別好，所以才不斷寫信來追問真相。但要是下落不明的是小靜妳，我也會做同樣的事。換成阿杏、良太、文哉、甚或浩一也一樣。

小靜跟浩一結婚，過著幸福快樂的日子嗎？沒有任何內疚嗎？妳有自信說浩一愛妳嗎？高中時代同社團的朋友，一旦畢業了或許就再沒有任何牽連。但我覺得這樣太可惜了，畢竟我們曾經一起度過一段非常美好的時光。

無論過了多少年仍舊想重聚。下次希望能全員到齊。只有我這樣想嗎？

小靜，請告訴我答案吧。

悅子

高倉悅子小姐大鑒：

來信拜讀。

悅子妳指責得沒錯，過去的我或許充滿了被害妄想。我之所以能夠承認，是因為現在有可以信賴並瞭解我的人。上次我說千秋受傷不是意外，小悅就認為是我或阿杏讓千秋受傷。雖然提了阿杏，但我想妳懷疑的是我。因為浩一也被提及，所以我立刻就知道了。

我害了千秋，然後在浩一的答錄機上留下用廣播劇台詞編輯出來的分手留言，拆散他們兩人，自己取代千秋的位置。原來可以這樣做啊。

那要是事實的話，我就算跟浩一結了婚，應該也只能戰戰兢兢地過日子。他是不是還沒有忘記千秋？要是千秋的話會選怎樣的婚紗、早餐會做什麼給他吃、每天會穿什麼衣服、會選什麼款式的窗簾和餐具？他工作出錯的時候會怎樣安慰他——要是成天只想著這些，我早就已經發瘋了。

我雖然想知道千秋現在在哪裡，過得好不好，但我並不會拿自己跟千秋比較。我跟浩一兩人一起越過了千秋這道難關。妳明白是怎麼回事嗎？小悅的想像前半正確，但後半就錯了。

我先從前半正確的地方說起吧。五年前盂蘭盆節回家省親的時候，我跟阿杏和千秋取得了聯絡。阿杏得知我找了千秋十分驚訝。因為她以為我去大阪上大學是為了追浩一。千秋去上了神戶的專科，阿杏可能覺得我們在關西搞三角大戰吧。但事實沒這麼誇張。

同高中畢業去關西的同學大概二十人左右，但幾乎沒有偶然碰到過。有一個人跟我上同一所大學，但系所不一樣，一年也只見個一兩次。

我跟千秋交換了手機號碼，剛到關西的時候大概一星期聯絡一次，報告近況；連假結束後大家都各自交了朋友，就幾乎沒再聯絡了。

有時候千秋會半夜打電話來，聊個一整夜，那也一直都是抱怨浩一。千秋一直都那麼花枝招展，她很喜歡去聯誼受到大家的注目，但浩一總是囉唆個不停；分明人家最喜歡是浩一（意思就是有第二第三喜歡的囉，果然不愧是千秋），他一點都不相信我等等。千秋總是說這些。

說穿了千秋只是要炫耀自己多受歡迎而已。高中的時候也是這樣。分明沒人問她，她都要自己說某某要跟我約會耶、浩一懷疑我是不是在跟某某交往耶——大家認真做作業，她就在旁邊閒閒沒事淨說這些有的沒的。真是夠了。

高中時代的我一面反感地聽千秋嘮叨，一面心想既然這樣分手不就好了，要是我的話絕對不會讓浩一不安的。離開老家之後，就覺得老想著這些狹隘的人際關係也未免太麻煩了。

到處都有很帥的人、有趣的人、靠得住的人。周圍的人太多了，要是一一在乎別人對自己的看法，那還有個完嗎？就隨他們去吧。所以我反而覺得到了新環境還得顧慮以前人際關係的千秋很可憐，有點同情她。

現在回想起來，在鄉下地方美若天仙的千秋，到了大都市也不過就是個普通人，但她不肯承認這一點，所以要對著知道她全盛時期的老同學極力自吹自擂吧。這也未免太悽慘了。

我跟千秋的關係大概就是如此。五年前的新年跟阿杏再度見面之後，她曾經傳簡訊問過我千秋跟浩一如何了？我輕鬆地回說跟以前一樣很好啊。但這樣其實不對。

關於這一點稍後再說。用電腦打字不知不覺就會多寫了沒必要的事情。與其說是信、不如說是手記、還是該叫懺悔錄呢？

小悅之前回鄉下來的時候，有沒有覺得很不可思議呢？小悅在國外住久了，剛回日本的時候應該又是另外一種感受。還是小悅不管到哪都是小悅呢？

去了人遠比故鄉多的都市，我是打算改變自己的。不再在乎周遭的目光。也可以坦然率先表達自己的意見。雖然經濟不景氣，我也順利在大公司找到了工作，在那裡也明確發揮自己的能力，當上了主任。

碰到以前的朋友也能以平常心應對。當然在老家碰到的話——就不一樣了。

盂蘭盆節跟阿杏見了面，我也游刃有餘地約了千秋。地點的話不知道哪裡比較好，就問了阿杏，她說有一家剛開幕不久的時髦義大利餐廳。我在網路上查了一下，是在義大利有名餐館工作過的師傅，特別尋了仿若義大利鄉間風情的地方開的餐廳，外觀和內裝都非常時髦。

要去那種地方我當然費心打扮了一番。其他兩人穿什麼都無所謂。但兩人跟拍紀錄片那天晚上不一樣，也都穿得漂漂亮亮地出現，完全沒有任何突兀的感覺。

東西很好吃，酒也很棒；阿杏說她的辦公室戀情失敗，千秋繼續抱怨浩一，而我說著自己的企畫在公司受到重用，充滿了優越感。或許我是喝醉了。現在的話就能抹消過去。我有這種感覺，於是邀兩人一起去松月山，祈禱未來光明幸福吧。兩個人都立刻贊成，可能也是因為離餐廳並不太遠的緣故。

我們三個人走到大松樹處，從那裡開始爬山，一面有一搭沒一搭地閒聊。

月姬得要連續十個晚上上山許願，不知怎地就演變成去一次就可以了。現代社會一切都盡量簡化，但許願這種事簡化成這樣好嗎？四國八十八所參拜也免了吧，這樣好像效果會不彰。「那個時候從頭到尾都沒有說話的是小靜，但結果最先開口的小悅第一個結婚了。」

最後一句話是千秋說的。我聽了立刻開始覺得氣悶難受，好像有什麼東西慢慢在體內積蓄起來，而積蓄的黏稠物快把我淹沒了。這黏稠物到底是什麼，一言以蔽之就是「以前的我」。

到達山頂的時候我已經變成了以前的我。對著祠堂雙手合十，腦中也沒有男人的面容。沒人愛的我。雖然努力幫大家的忙，但反而被人當成好像是我自己樂意做的。雖然如此我還是許了願：「希望能幸福。」

阿杏繼我之後在祠堂前坐下，閉著眼睛雙手合十，五分鐘動也不動。我都開始擔心她是不是肚子痛了。「小實妳也太久了吧。太貪心是不會幸福的喔。」千秋說著不顧一切推開阿杏坐下去，阿杏滿臉驚愕。千秋不管她，自顧自地大聲說出願望。

「我希望成為浩一的新娘。」

然後她看著我說：「差不多該下山了吧。」對著我微微一笑。我覺得千秋只是跟老同學見面覺得好玩，根本不把許願當回事。

下山的順序是阿杏、千秋、我。順序自然變成這樣。我心想當年也這樣就好了。我在最後面就不會被人笑。阿杏滿臉不高興，一個勁兒往前走。穿著細跟涼鞋的千秋好像要趕上她一樣邁著小碎步，我則一面走一面望著千秋的背影。

因為沒人說話，所以腦中不斷浮現各種影像。跟浩一穿著情侶裝的千秋。不管如何劈腿都繼續被浩一所愛的千秋。走在最後面的兩個人是用怎樣的眼光看著我呢？想著這種事情的我真悲慘，當年的我真悲慘，眼淚都快掉下來了。

就在此時千秋突然回過頭笑了。剛好就在碎石很多的那一段路。我以為她是想起往事所以笑出來。想到只有我一個人費力打扮的那段往事，所以笑了。

千秋立刻回過頭去繼續往前走，但我滿心委屈，委屈，委屈的要命——就用力踢了腳下的石塊。我並不是故意想怎樣，真的只是要發洩一肚子悶氣。但是石頭滾到千秋的腳邊，千秋失去平衡跌倒了，雖然她用一隻手撐住地面，但她撐著的那塊石頭也崩落了，她的頭就撞到地上。

千秋叫著好痛、好痛，阿杏要扶她都扶不起來。我完全不知如何是好。阿杏打電話給文哉讓他趕來幫忙。文哉背著千秋，阿杏用手扶著千秋的背，我只能在後面拎著千秋的包包跟著下山。

都是我的錯、都是我的錯。我嚇得一聲都發不出。

千秋被送到醫院，我們在候診室等待，然後千秋的媽媽來了。我把手上拿的東西給了阿杏，阿杏交給千秋的媽媽，跟她說了去松月山的事。

千秋不小心跌倒了，說的像是千秋自己跌倒一樣。在阿杏看來那應該就是事實。我提議要去松月山，千秋不小心跌倒了，阿杏打電話給文哉求救，大家立刻把千秋送到醫院。阿杏完全不覺得有什麼不對勁的地方。

在那之後不做點什麼不行。

妳知道千秋的手機不見了嗎？

我拿著千秋的包包下山的時候，看到手機在裡面的夾袋裡。我記得還想到機型跟公司的晚輩用的一樣。千秋跟阿杏坐在文哉車子的後座，我拿著包包坐在文哉旁邊，到醫院以後我就把包包交給阿杏了。

所以千秋的手機應該在阿杏那裡。當時阿杏跟公司的男友剛剛分手，喝了酒也常常發酒瘋。好像是那人背著阿杏和別人交往，就把阿杏甩了。阿杏可能還喜歡那個人，所以在松月山頂認真地許願，但卻被千秋打斷，所以感到不爽吧。

送千秋到醫院的時候沒空想那麼多，但平靜下來之後，她可能不小心看到千秋包包裡的手機。坐在候診室回想山上的事情，想到許願被打斷——所以就使個小壞拿了她的手機。

我也有參與廣播劇的製作，也跟大家一起聽了成品，但並不記得每一句台詞。小悅寫信來問我廣播劇的事，我重聽時才覺得「啊，是說這裡啊。」但是阿杏的話記得很清楚也不奇怪，畢竟劇本是她寫的。而且她可能其實並不喜歡千秋。

因為夏令營大家說喜歡的人的時候，阿杏並沒有要附和任何人的意思，直接就說了「我喜歡浩一」不是嗎？

千秋的意外，嗯不對，千秋的案子，我覺得是從夏令營那天晚上就開始了。

這樣可以了吧。

山崎靜香謹啟

小靜：

謝謝妳告訴我意外的內情。

我想這應該是最後一封信了。

千秋受傷的事，小靜最後說是案子，但我還是覺得是意外。小靜就算不踢石頭，千秋也可能跌倒。山路很暗不是嗎？就算對走在前面的千秋不爽，要瞄準她的腳把石頭踢過去也很難吧。要是妳以為「我希望她跌倒她就跌倒了」，這種念頭也未免太抬舉自己。

人真是會大驚小怪啊。我們沒這麼萬能的。

或許千秋根本不在意這件事，在某處愉快地過著日子。那樣最像千秋不是嗎？

我可以問妳最後一個問題嗎？

小靜跟浩一現在幸福嗎？

悅子

高倉悅子小姐大鑒：

小悅說那是意外，讓我鬆了一口氣。

浩一被千秋甩了，真的意氣消沉了很久。我跟他說過就算千秋不肯見你，你也可以去醫院一趟啊？但浩一說那樣的話她就真的會討厭我了，所以他什麼也沒做。從小悅的觀點來看，到頭來浩一或許根本沒辦法為千秋做什麼，但其實是浩一選擇不為千秋做任何事。什麼也不做是最辛苦的。我送過很多次花跟慰問品，但那都是自我安慰，因為我覺得自己有錯。我在反省。藉著送東西跟千秋道歉。

心思細密的浩一被千秋甩了大受打擊，連工作都無法集中精神，不停犯小錯而被調職。我告訴自己勝過浩一的男人很多，不要再想他了，但不帥的浩一更讓我難過。我想讓浩一變回原來的浩一。我承受過他無數的淚水。

五年過去了。婚禮上的浩一很帥吧？

最後，要是妳知道千秋在那裡，有什麼我幫得上忙的地方的話，請告訴我。

小悅，請多保重。

山崎靜香謹啟

小悅：

好久不見了，妳好嗎？我這裡現在正值盛夏。

小悅在南半球，所以應該是冬天吧？還是說非洲一年四季都比這裡還熱？我覺得得跟小悅報告一下小靜的婚禮，但不知該寫些什麼。總之先說婚禮的情況好了。

我拿著給小悅的喜帖去參加小靜跟浩一的婚禮——結果完全出乎意料。

我這個窮困的劇團演員從去年開始借住在小悅回國的臨時住所，順便代轉郵件，沒想到竟然會收到那兩個人的喜帖。我嚇了一大跳，第一次打了國際電話給妳。

小悅因為先生工作的關係沒法回國，我又對這件事很有興趣，所以就提議說那我代替妳去，回來再跟妳報告好了，但小悅叫我裝成妳，讓大家大吃一驚。

要是到最後都沒穿幫的話，千秋就真的是名演員啦～。小悅妳雖然笑著這麼說，但我覺得一定立刻就會穿幫的。然而——

婚禮那天我到了「松月大飯店」，大家都叫我「小悅」。就算打扮很像，面孔跟聲音都不一樣吧？雖然我模仿小悅的言行舉止，但大家的記憶竟然會模糊到這個地步，我覺得簡直像是他們串通好了一起來誆我似地。

我把臉上的傷痕整掉的時候，順便做了一下眼睛跟鼻子，或許容貌跟以前差了不少，但跟小悅還是不像的。小悅以前戴著眼鏡一頭亂髮給人的印象太深刻了，大家都覺得是麻雀變鳳凰吧。

給人說「不愧是貴婦」，他們可能私心以為小悅去整容了也說不定。真是太沒禮貌了。我也是，對不起啦。

我注意到浩一不時偷看這裡，但賓客很多，我沒接近小靜跟浩一，他就算有所疑心，應該也並沒發覺我的真面目。

婚宴上來賓致詞超長，表演節目又多（伯母阿姨跳舞之類的！），大家並沒有深入交談，我就頂著「小悅」的身分這樣過了。

我拍了要寄給小悅的照片，把相機放在桌邊，坐在我旁邊的良太就說：「悅子會用相機了啊。」

那是我在當模特兒的時代自拍宣傳照用的相機，用起來很順手，所以沒有多想就帶去了；良太這麼一說我才想起來，小悅是機器白癡啊。好不容易去採訪回來的帶子，小悅都會按錯鍵把內容消除了。

我本來想就藉此機會表明身分吧，但既然都來了，我也想入鏡，就說這是跟先生借的但我卻不會用，然後把相機交給良太拍了。所以妳看我寄的照片，有不少都有我吧？我最後一次見到小悅是在受傷之前，現在如何？像不像妳？

婚宴進行到後半的時候，底片沒了。良太說他在櫃臺寄放的包包裡有備用的底片，我們兩個人離開會場去換底片時，他說的話嚇了我一大跳。

「妳知道千秋破相以後，精神狀況變得很糟，現在下落不明嗎？悅子妳跟她從小一起長大，或許知道些什麼消息。有傳聞說她在松月山上吊自殺呢。」

啥？在說誰？我大為震驚。良太好像也是從文哉那裡聽說意外的事，但並不瞭解詳情。但是我覺得良太比較關心小悅而不是我。他一直說妳變漂亮啦、我好驚訝啊，或許只是想找機會兩個人私下說話吧。他問說之後有什麼計畫？但我根本管不了那麼多。

我的確因為臉上受傷，加上父親調職所以不當模特兒了。我又不想讓浩一知道我在哪裡，所以跟小悅以外的其他人都斷了聯絡，沒想到竟然會有這種謠傳！

小靜跟浩一結婚其實也沒啥特別出乎意料的，但在我受傷之後的五年間，到底發生了什麼事？我只不過沒跟大家聯絡，就下落不明？精神狀態不佳？自殺？而且還是去松月山上吊。大家到底是怎麼看那天發生的事啊。我滿腦子都在想這個，婚宴後半完全心不在焉。

結束之後文哉提議說廣電社的四個老同學一起去喝酒吧。我家已經不在鎮上，得要趕時間，所以就拒絕他們立刻搭新幹線回來了。我覺得這是正確的決定。去續攤的話一定就會穿幫了吧。

我在大家心目中到底變成什麼樣子了？為了得知真相，回去之後我迅速試著跟小實聯絡。要問新婚的小靜實在很難開口，既然從頭到尾我都裝成小悅，婚宴之後千秋突然出現大家一定會覺得奇怪。而且表明我是千秋的話，可能就聽不到實話了。於是我決定繼續當小悅。

小實有給我電子郵件地址，本來想寫電郵就好，但我的電郵地址跟手機都有我的名字跟生日，所以還是決定用手寫的方式。

我非常努力不讓她起疑。

小實以前送過小悅北海道有名的工坊製作的薰衣草信封信紙，我在網路上買了一樣的。當時我得到的禮物是手帕，我覺得信紙比較好，還曾經搜索過那家工坊。

為了表現出人妻的風情，我特地買了書信大全，試著寫正式的信。敬啟者之類的太過嚴肅，惠鑒大鑒是平輩間使用的等等，所以給朋友寫信可以用惠鑒，我還研究了一番。其他像是小悅是不是叫小實「阿杏」啊。要回憶往事的話就提小甲蟲那段插曲吧。

但是這樣好像還是不行。她懷疑我不是小悅。小實收到手寫的信，一定就啟動了作家模式，腦內劇場開始盛大演出了。

廣播劇最後的台詞是什麼之類的。我在錄廣播劇的時候曾經跟小悅抗議過，「為什麼最後用這種台詞收場啊。」小悅跟我說「其實本來是……」我想了半天才記起來。

小悅為什麼從小實改叫阿杏？

小甲蟲的插曲，大家都知道嗎？

小實要結婚（對象是文哉同公司的前輩！）有在大家面前公開嗎？是在我聽說自己下落不明腦中一片混亂的時候？等等。

小實的信到後來提起了文哉的假設，我覺得「假設」實在是一種很有殺傷力的玩意。腦筋好的人想著說「是不是這樣呢」，創造出了假設，接著就「這也說得通」而買帳了。我第一次知道假設也會變成事實。要是這次寫信的真是小悅的話，說不定也會相信文哉的假設。

在假設中大家都懷疑小靜，所以我也寫信給小靜。雖然我是很不情願提到浩一的啦。寫信給小靜的時候，我也提出了假設質問她。就像阿杏因為文哉的假設說出了真正的想法一樣，要小靜說出真相，我覺得也需要某種假設。因為我是當事人知道實情，要編出假設並不是件容易的事，我就揣測要是小悅的話會不會這麼想呢？所以我在寫信的時候完全化身為小悅了。

小靜覺得我跌倒是她的錯，而在浩一答錄機上留言的是小實。但事實並非如此。我穿著細跟涼鞋在陰暗的山路上走下坡，不小心跌倒了。臉上受了傷當然很震驚，但並沒有到精神耗弱的程度，反而冷靜地考慮了以後該怎麼辦。於是我利用這個機會留言給浩一跟他分手。

在答錄機上留言的人是我。我完全沒有意識到說了廣播劇裡的台詞。或許遣詞用句是有點戲劇化，但我只想徹底跟他一刀兩斷。而且留言的內容大家都是聽浩一的轉述不是嗎？他既然能把廣播劇倒背如流，真的正確地重述了我的留言嗎？

然而我也有責任。我以為丟了手機，但其實是我媽媽沒有把我的包包放好，手機掉在我家車子的前座底下了。

我受傷的時候、跟浩一分手的時候都一直有跟小悅聯絡，所以這些妳都知道。我想妳看了她們倆的信也會嚇一跳。但是驚訝的應該不是我破相，或之後大家對這件事的看法吧。

我覺得高中的時候加入廣電社真的太好了。有趣的事滿坑滿谷，但最高興的是交到了一輩子的朋友。然而青春時代並沒有那麼單純美好。我也有不滿之處。

這次的書信往返，我寄出去的信全部都有留副本，信裡我都模仿小悅的口氣，妳看了可能會覺得五味雜陳，所以我遲疑著不知是否該寄給妳看。小悅跟良太交往的那一段、小悅先生的部分，我都為了取得小靜的信任而隨便寫了。

但是用假設引出了真相後，回憶也會改變吧。乾脆編纂成文集寄給廣電社所有成員如何。

大家一定很尷尬吧。但這或許是讓大家知道我當時心情的好機會。

我其實很早就發現自己跟浩一合不來。我要跟他分手他卻不肯，心想我跟別人交往他總該跟我分手了吧，但那也不行。在這期間浩一把廣電社的同伴都拉到他那邊去了。

竟然製作了那麼奇怪的廣播劇。

我本來以為單純是講「月姬傳說」的故事，結果裡面不時出現我跟浩一的真實插曲，讓我吃了一驚。簡直像是給自己人挖了牆角。這樣一來想在高中畢業前跟他分手是沒辦法了，既然如此就故意做給大家看吧——真是討厭啊。

妳知道嗎？「月姬傳說」裡有說許願的時候說出來就絕對不會實現。我跟小靜一起去採訪的阿嬤說的，那一段被機器白癡小悅洗掉啦。

一切的起源都是那個鄉下小鎮的「月姬傳說」吧。因此文集的名稱就此決定。

「月姬傳說・終章」——真是快樂的青春時代啊。

千秋筆

二十年後的作業

0

大場君如晤：

謝謝你前些日子送的花。當了三十八年小學老師，教過千人以上的學生，畢業後還每年寄賀年卡，並恭喜我退休的也只有你了。

我是大場君在N市立T小學五年級的時候教過你的。大場君功課很好，第二學期當上了班長，大家都很信賴你，真是個無可挑剔的好孩子。

八年前收到你的賀年卡，聽說你通過了高中教師的資格考試，我覺得大場君一定能夠理解學生，成為一個好老師。從你之後的來函也得知教途一切順利，我感到非常欣慰。

你去東京上了大學，畢業後回到家鄉就職，真是了不起的作法。大場君要在培育出自己的故鄉作育英才了。我懷著同樣抱負回老家教書的往事歷歷在目，猶如昨日。

然而今年三月我退休了，收到以前學生的祝賀，不禁開始自省我真的是個好老師嗎？

能肯定地說自己毫無遺憾嗎？

如此一來我想起了六個讓我非常掛心的同學。那些孩子們現在過著怎樣的人生呢？我決定要確認他們目前的狀況，然後為教師生涯劃下休止符。因為我退休前就生的病開始惡化了。

我需要長期住院。我沒有小孩，住院期間得麻煩住在關西的姪女夫婦照顧我，於是住進了大阪的醫院。

所以這封信的郵戳是大阪。

雖然我打算出院以後再調查那六位同學的事，但眼下不知道什麼時候才能出院，因此想是否能拜託大場君而提筆寫了這封信。

大場君，你能跟那六個人見面，告訴我他們現在的狀況嗎？

其實我或許可以直接寫信給那六個人，但那讓我十分害怕。要是他們六個人都幸福快樂的話，我就可以毫無顧忌地寫信，如若不然，我就不知道該寫什麼好了。

此外，我想他們對幸福的定義跟我這一輩的老人一定相差甚遠。那六個人都跟大場君同齡，不用直接問他們是否幸福（那樣唐突地詢問一定會讓人起疑的），大場君只要告訴我你對他們的觀感就好。

馬上就要放暑假了，雖然如此老師還是要去學校。當社團顧問的話，放假期間可能更忙也說不定。因此若是不方便或是不想答應我的要求，請直說無妨。
當然交通費跟餐費等等開銷由我負責。
我姪女的地址如下，請跟我聯絡。
靜候回音。

竹澤真智子草此

竹澤老師尊前：

來函拜讀。您身體狀況如何？

聽說您住院，我吃了一驚。是多年工作積勞成疾嗎？請不要勉強，安心寬養才是。

老師您拜託的事情，我打算接受。我當老師才八年，但就已經有不少掛心的學生。就算在學校時一切順利，但畢業後發生意外、辭去工作之類的消息時有所聞，真是讓人擔心。因此老師的心情我完全感同身受。

總結老師教職生涯的最後任務我竟然能幫得上忙，真是無比光榮。幸好我擔任顧問的社團是廣電社，不像體育社團那麼辛苦，今年帶的班級是二年級，也還不用把時間花在升學指導等問題上。請您不用客氣，事情就交給我去辦吧。

此外您不需要付我錢。教師是不可以兼差的！

那我就等待您進一步的指示了。

我學生時代的朋友住在大阪，盂蘭盆節的時候我想去拜訪。到時絕對會去探望老師的。

受業
大場敦史敬上

大場君如晤：

謝謝你接受我無理的請求。真的非常感謝。

我把六個人的名字跟地址都寫給你，另附上要交給六個人的信封。地址跟電話都是二十年以前的，可能會有聯絡不到或者已經搬到遠方等等的狀況。要是那樣的話就只跟找得到的人見面也可以，請不必勉強。

你來大阪的時候務必讓我看看你。我已經是老太婆了，但大場君一定成為英俊的男子漢了吧。我很是期待。

那就萬事拜託了。

竹澤真智子草此

1

竹澤老師尊前：

貴體是否無恙？

您囑咐的事，上週開始放暑假後我就跟河合真穗小姐見過面了。真穗小姐三年前結婚了，改姓黑田，住在隔壁的K市。

我照著老師給我的通訊錄打電話去，接電話的是真穗小姐的母親。現在世風日下，她一開始還以為我是詐騙集團或是要做直銷的，充滿戒心地問我有何貴幹，我跟她說我是竹澤老師的學生，現在在N市公立高中任教，老師今年退休了，目前在大阪住院，想知道以前的學生真穗小姐現況如何。這麼一說她立刻告訴我真穗小姐家的電話號碼。

我打電話過去，是真穗小姐接的電話。我重複了告訴她母親的那番話，並且說老師有東西要給她，可能的話希望能直接見面，她爽快地答應，跟我約了時間。

我們約了下午一點在真穗小姐家附近安靜的咖啡廳見面，聊了大約一小時。

以下是見面當時的實況。

首先我們再度互相自我介紹。我任教的高中好像是真穗小姐先生的母校，她一開始就非常親切地跟我說話。

——您也是竹澤老師的學生，是跟我上同一所小學嗎？

——不是，我上T小學。

——那是老師在S小學之後轉任的學校吧。

——竹澤老師是真穗小姐小四時的級任老師，第二年竹澤老師就轉到T小了。所以我跟真穗小姐應該是同年。

這麼一說真穗小姐露出非常驚訝的表情。一定是我看著蒼老，她以為我比她大很多。

——那麼大場先生是老師在那次意外發生後第二年教的學生。老師當時是什麼樣子？

——非常開朗、精神飽滿、又很風趣。但是生起氣來非常嚇人。班上的霸凌問題也大家一起討論解決……完全是理想的老師。我之所以擔任教職就是想當那樣的老師。但是我沒自信精通所有科目，就選了高中的社會科……對了，您提到的意外是怎麼回事？

她之前說的時候我就很介意。遲疑了半天不知道該不該問，但我沒辦法不問。「那次意外」應該不是學校裡發生的瑣碎小事。

——您不是為了那件事才來的嗎？

真穗小姐露出說溜嘴的表情。她好像以為我知道意外的事。她躊躇了一下，然後說「老師也平安退休了」，所以就跟我說了事情經過。雖然我想應該用不著跟老師您描述那次意外，但真穗小姐也有可能記錯，所以我還是把她說的話原原本本記下來。

——那是小四下學期十月的體育節①發生的事。

美勞課有需要用到落葉的作業，我們班上六個人，三個男生三個女生，跟老師趁放假一起到赤松山去撿落葉。

我記得老師是在休息時間問我們要不要去的。因為是體育節，所以參加體育社團的同學有比賽不能去，也有很多人要跟家人一起出去玩。我因為兩種情況都不是，而且家裡離學校又近，所以去了。集合時間是上午十點在小學校門口。

現在的小孩的話，一定覺得難得放假為什麼非得去幫老師的忙不可？但那時我很期待。赤松山從學校開車去大概二十分鐘，那時候我放假很少出去玩，而且還坐車去，簡直像是到遠方旅行一樣高興。

而且當天老師的先生，也就是師丈，開著一輛小麵包車，像遠足一樣載大家去赤松山。我們還在車裡唱歌玩遊戲。

我們到了赤松水壩公園的停車場，老師發給我們一人一個大型的塑膠袋，往赤松山的登山道走了大約三百公尺。據說是要蒐集給一個學年所有班級用的，我以為要花上一整天，但要不了一小時大家的袋子裡就都裝滿了紅黃落葉和橡實松果。

登山道一路通往赤松山頂，既然來了大家都說想爬上去，但老師說要帶大家登山必須先跟學校申請，所以今天就不行了。大家聽了只好放棄。

---

① 日本假日，體育節為十月第二個星期一。

老師說雖然不能爬山，但我們可以帶著便當去水壩公園玩，然後再回家。大家都好高興，心想來了真好。

便當非常豐盛。又好吃、又豪華、又可愛，總之真是太棒了。光是飯糰就有六種，小菜也多到我都記不清的地步。我想著老師好會做菜，但結果全部都是師丈做的。

「老師家是老師出去上班，師丈在家裡工作。所以每天都能吃到好吃的飯菜，真的太幸福了。」

老師用一貫的開朗態度說著，看起來非常愉快。我那個時候就覺得想當老師，並且跟老師一樣和會做菜的男人結婚。師丈是個大好人，他用紙餐具，替大家分了飯糰跟小菜，讓所有人都能開懷大吃。還問我們每個人：「飯糰要哪一種？有沒有不吃的菜？」我說：「要最好吃的！」師丈就說：「那就這個囉？」說著就把親手做的包了蕗味噌①的烤飯糰給了我。

我們很快就跟師丈熟起來，跟他講學校的種種大小事。老師很會裝土左衛門②和打躲避球等等，大家口無遮攔地說著，老師雖然有稍微制止我們，但師丈一直微笑著聽我們你

---

① 蕗味噌，用春天的蜂斗菜（Petasites japonicus）和味噌炒成的食品。
② 浮屍。

一言我一語。

吃完便當大家用老師帶來的羽毛球拍打球，但是球拍只有四支，沒法所有人一起打，也有人沒興趣的。

從水壩公園可以沿著赤松河岸往下游走，男生提出要到河邊玩。師丈好像對生物很瞭解，大家就分成兩組。我跟老師一起打羽毛球。我家離赤松河下游很近，覺得既然到這裡來還去河邊玩未免太可惜了。結果是女生跟老師一起打羽毛球，男生跟師丈一起去河邊玩。

我們四個人雙打，一下子就玩得入迷了。

突然間武之狂奔過來，上氣不接下氣的樣子，一看就知道出了事。他叫道：

「老師，糟糕了！阿良跟師丈掉到河裡去了！」

我記得老師的臉色倏地變了。老師丟下球拍，往河邊跑去，我們都跟在她後面，但老師突然停下腳步，回過頭跟我說要叫救護車。可能是因為我是當時在場的同學中最穩重的吧。我回答「好」，老師就拼命朝河邊跑去。

我雖然回答得很快，但卻無法立刻行動。二十年前還沒有手機，我也沒帶錢。公共電話有緊急用的紅色按鈕，但當時我並不知道。

幸好公園裡有許多來野餐的家庭，我跟最近的一家看著像爸爸的人說了情況，他說

「那可糟了」，然後帶我去公園入口的公共電話，替我打了一一九。

其實那個時候我還沒明白出了多大的事，我覺得只不過是掉到河裡，哪需要叫救護車啊。那是因為我平常只看到河的下游，我常光腳在水流緩慢的淺灘抓魚或打水漂，從來沒有出過任何事，所以我大概以為河就是那樣吧。

但是卻發生了最糟糕的情況。

我在公共電話前等救護車到達，對急救人員說明情況，我雖然想跟他們一起去，但他們說很危險要我留在原地，所以我沒去事發現場。

良隆同學跟師丈被用擔架抬過來，老師跟著上了救護車去醫院了。老師為了救他們倆跳進河裡，渾身濕透不說，還受了傷，腳上流血。但她完全不顧自己，只一直叫著師丈的名字：「真崎、真崎」。

我們其他的同學由沙織的爸媽來接送回家了。

當天深夜我得知良隆同學撿回一條命，但師丈卻死了。消息傳開了，但是全班都知道，還是只有當天去的那幾個同學知道，我就不清楚了。

「老師雖然很可憐，但去世的是先生可能還算好的。」

我母親在電話裡跟別人那麼說。我根本不明白那是什麼意思。良隆同學獲救了當然很好。但溫柔的師丈死了究竟有什麼「還算好的」啊。

雖然發生了這麼大的事，老師還是一星期之後就回學校來了。無論是上課還是合唱比賽練習，都像沒事人似地，但從那天以後，我就沒有再看過老師笑了。

第二年春天老師就轉任其他學校，從此之後我就沒有再見過竹澤老師。

老師您教過數不清的學生，為什麼選擇拜託我，我終於明白了。因為我現在正走著跟老師一樣的道路。連真穗小姐在內的六個人，就是發生意外當天一起出遊的六位同學吧。老師擔心六個孩子是否因為這次意外受到心理創傷，之後的人生是否順利。真穗小姐一開始就以為我是為了確認這點來的。

真穗小姐要我轉告老師的話如下：

——我得知竹澤老師一直都掛念我們六個人，一方面覺得非常高興，一方面也覺得對不起老師。

我隨著日子過去長大成人，幾乎忘了那次意外。事發之後我就不去河邊玩了，但並不覺得水邊可怕。當老師的夢想因為我功課不好無法實現，但跟會做菜的男人結婚的夢想倒是成真了。

以前帶著我先生做的飯糰一起去野餐的時候，曾經想起當年的事。不是想到悲傷的部分，而是想起師丈做的飯糰有多好吃。包了蕗味噌的烤飯糰的滋味，一直到現在都無法忘懷。我一面吃著飯糰，一面跟我先生說著那天的事，不禁淚如雨下。

我結婚之後，才覺得自己好像明白了老師當時的心情。師丈去世了老師有多難受，別人絕對沒有資格說什麼「還算好的」。事到如今我也無法責怪家母了，還請老師原諒。

老師，這麼多年您真的辛苦了。

我把老師交付的信封給了真穗小姐。真穗小姐當場打開讓我看。裡面是一篇作文：「我想當跟竹澤老師一樣的老師。」文章下面畫著老師的畫像。一開始真穗小姐問我老師之後怎樣的時候我說老師很開朗，但我從未見過像漫畫那樣張著嘴開心大笑的老師。

真穗小姐要我跟老師問好，然後就回去了。

本來這封信應該就此打住，我見過真穗小姐後去了圖書館，調查了當年的意外事故。話雖如此，只是看了當時報紙地方版上的一則小新聞而已。

報導中說師丈為了救掉進河裡的良隆同學下水，然後老師趕去先救了良隆同學，良隆同學大難不死，師丈卻遇難了。

竹澤老師，我並非不能理解真穗小姐的母親說「還算好的」是什麼意思。不管她那麼說是對還是不對。「最好」的結果是兩人都獲救，要是只能救一個人的話，身為老師，救了學生「比較好」。

要是遇難的是良隆同學，輿論會多麼嚴厲地批判老師，可能會演變到不得不辭職的地步。

但是「比較好」只是從教師的立場來看而已。

我有個女朋友。她在縣立醫院當護士。是當地的朋友介紹我們認識的。雖然交往才半年，但我有考慮結婚。

假設我現在帶著廣電社的同學跟她一起去河邊玩，學生跟她同時溺水，我到底會不會毫不遲疑地去救學生呢？光是想到這點，就不得不佩服老師您的決斷。

我能成為跟您一樣的老師嗎？

為了找到答案，我會負起責任，跟其他五個人見面。

那麼就暫時報告至此。

受業

大場敦史敬上

大場君如晤：

謝謝你的來信。你順利見到真穗同學了呢。

我讀著信，覺得真穗同學輕快開朗的樣子如在眼前。知道她結了婚，有了幸福的家庭，真的打心底感到高興。

我沒事先跟你說意外的事，真是對不起。本來想先告訴你的，但我想知道的並不是六位同學對那件意外的看法，而是想知道他們現在的狀況，不想讓大場君有先入為主的印象，所以就沒說了。

此外就是大場君好像很介意真穗媽媽說的話，此後要是有人說我的壞話，請不要有所顧忌，直接告訴我。真穗同學沒有到事故現場去，相形之下受到的打擊較輕，所以對我還是滿懷善意的。

真的非常謝謝你。

除了我之外，還有人記得我先生做的蕗味噌烤飯糰的味道，我真的非常欣慰。

之後也要繼續麻煩你了。

請一定不要勉強啊。

竹澤真智子草此

2

竹澤老師尊前：

您身體狀況如何？我們這裡梅雨季節終於結束，拖得比往年都久，現在才正式進入夏天。不久前社會科的全國學科會議在東京召開，會場在我大學母校，我就代表我們學校參加了。

我在東京見到了津田武之先生。津田先生在N證券公司的東京總公司任職。大學的時候分明在東京住了四年，但看到高得抬頭仰望簡直讓人跌倒的摩天樓還是吃了一驚。我可能已經完全變成鄉下人了吧。

津田先生的老家數年前搬到別的地區，老師給的通訊錄已經失效，但真穗小姐把地址告訴我了。真穗小姐、津田先生和接下來我打算去找的根元沙織小姐一直到高中都是同學，去年他們開過同學會，更新過通訊錄。

通訊錄上還有電郵地址，真的幫了大忙。

一開始聯絡上的時候，津田先生說等盂蘭盆節回老家再約，但幾天以後我決定去東京出差，於是就提早見面了。

感覺進行得滿順利的。

見面當天不是假日，我晚上七點到津田先生的公司前面跟他會合，兩人一起去了附近的居酒屋。這次我先說了我們同年，雖然是初次見面，但共通的話題不少，馬上就聊得很熱絡。

津田先生說回N市的時候看見到處都現代化了，感到十分寂寥。他指的是公路旁邊的購物中心、農田中央的便利商店等等。當地人會覺得好不容易有了這些設施，但住在大都市的人會覺得完全破壞了鄉下的懷舊氣氛吧。

自己住在大都市過著方便的生活，一年才回鄉下一兩次卻希望鄉下永遠不變，這種心態未免太奢侈了。但是如果我沒回到老家，而是住在別處的話，不管那裡是鄉下還是都市，我大概也會有同樣的心情。

老師現在也懷念那個小鎮嗎？要是沒有飲食限制的話，我想寄香魚甘露煮和手打蕎麥麵給您。對不起，我一開始完全沒想到。

老實說我不知道自己住的小鎮有什麼名產。聽著津田先生說他懷念的東西，才恍然大悟。

——香魚甘露煮真好吃。以前晚餐桌上出現這道菜，都會抱怨「拜託，怎麼又是這個？」現在回想起來，真是不知惜福。

——就是說啊。

我順著他的話應道，想到幾天以前我才這樣跟家母抱怨過，不由得苦笑。

——河水的顏色也完全不一樣了。鄉下現代化是無可避免的，但我希望赤松河能維持原樣。但是竹澤老師就不知道怎麼想了。

我跟津田先生說老師有東西要交給他，希望跟他見面；我照老師的意思沒有提意外的事。但我覺得裝出第一次聽到的樣子也太奇怪了，就不置可否，藉著喝啤酒掩飾過去。

——老師沒有告訴你嗎？

——沒有，老師什麼也沒說。

——那要給我的東西是什麼？

我心想糟了。給他信封事情就辦完了。沒有問他現在的狀況，就直接跳到當年的意外，還可能讓他不高興而離開，這種狀況我連想都沒想過。下次的話用別的理由約見面可能比較好。

但是津田先生接過信封，也並沒有要離開的意思。他也打開讓我看，裡面的文章跟真穗小姐的一樣。「我想當飛行員。」下面畫著飛機的圖。

——那個時候我作夢也沒想到自己懼高。老師要把這個給我只是藉口，其實是想知道發生意外當天的那六個人現在過得好不好吧？

被他一語道破我吃了一驚，等於承認被他說中了。對不起……

——我的聯絡方法是從真穗那裡問到的吧。我是六人裡的第幾個？

——第二位。

——也就是說意外的事你只從真穗那裡聽過？

——是的。

——老師有告訴你先找誰嗎？

——沒有。老師並沒有特別指明。我只是照著名單的順序聯絡而已。

——所以我是第二個。

本來我應該不著痕跡地探問津田先生的狀況，然後跟老師報告，但情勢卻完全逆轉了。

——不，你是第三個。但是真穗小姐在跟我聊的時候，第一個提到的同學就是武之，所以我想接下來就找你吧。

——哎，真穗說了我什麼？

——她跟老師在水壩公園打羽毛球。武之跑過來叫老師。就這樣而已。而且津田先生跟我本來是約盂蘭盆節的時候碰面的，所以順序其實沒有多大的含意。

——接下來你要見誰？

——根元沙織小姐。她好像在老家。小學的時候覺得別的鎮遠在天邊，但其實都在N市內。

——對啊。那個時候老師轉任到好遠的學校去，覺得一輩子再也見不到了，其實還在同一個市內。但是我覺得老師是因為不想看到我們才轉任的。

——為什麼呢？

——那當然是這樣啊。要不是帶我們去那裡，師丈也不會死。撿落葉老師自己去就得了，要是需要人手的話可以邀其他老師一起去啊。

——那老師為什麼帶小朋友一起去呢？

——是要讓我們和好的野餐啦。

——誰和誰和好？

——藤井利惠跟古岡辰彌。那兩個人家住得很近，知道彼此家裡的情況。可能是彼此都很在意對方吧。他們因為小事大吵起來，結果演變成男生跟女生對抗，班上鬧得一塌糊塗。老師跟他們兩個談話，要他們和好，所以就變成要大家幫忙撿落葉了。

——原來如此。那參加的人是怎麼選的呢？真穗小姐說她那天沒事，而且家裡離學校很近所以才去的。

——原來她以為是那樣啊。小時候的話那樣以為或許沒問題，但長大以後就知道啦。老師是邀請了應該沒有全家出去玩的打算、家裡沒錢的同學。我一直以為因為我是班上的股長所以才找我，但那天看到午飯的便當才發現並非如此。

——師丈做的便當嗎？

——那也是真穗告訴你的吧？

——對。她說蕗味噌烤飯糰非常好吃。

——有那麼多費功夫的菜，她只記得烤飯糰，真是暴殄天物。我那天第一次吃到包了蝦和白肉魚漿的蛋捲。現在我雖然收入還不錯，也常常去電視上介紹的有名壽司店，但沒有吃過比那更好吃的蛋捲。

——我想老師聽到你這麼說一定會非常高興。我這麼說了，津田先生就請我轉達以下的話：

——老師可能後悔那天帶我們出遊，其他的傢伙怎麼想我不知道，但我是非常感謝的。

我看到打開的便當，發現當天去的都是班上的窮孩子，真的大吃一驚。我當場覺得羞愧難當，請我們吃飯我也很不好意思。但是師丈把菜平均分給大家，還問合不合大家的口味。

我拿了蛋捲，因為那是各種豪華的菜餚中看起來最便宜的。或許是因為不想讓人覺得我在狼吞虎嚥。但是吃進嘴裡那味道是我從來沒嘗過的美味，不由得幾乎熱淚盈眶。

我家是單親家庭，我為了不示弱一直都在逞強。我討厭接受人家給的東西和人家的幫助。但那時我覺得心懷感激的接受也沒什麼不好，以後再回報就是了。

小孩很單純吧。只不過是一塊蛋捲。

然而師丈竟然那天就過世了。

那是一瞬間發生的事。我們三個男生跟師丈一起到河邊去玩，一面看魚一面撿石頭。辰彌說要過河去對岸。師丈當時坐在離我們有一段距離的地方。辰彌開始踩著石頭過河，阿良跟在他後面，不小心踩個空就掉進河裡，一下子就被沖走了。師丈立刻就跳進河裡。我馬上跑到公園去告訴老師。老師急急趕向河邊，那時還搞不清楚狀況。我慌忙要跟上的時候在石地上扭到腳，等我回到河邊的時候阿良跟師丈都被救上岸了。

老師雖然拼命給師丈做人工呼吸，但在我看來他已經死了。我忍不住一直掉眼淚。雖然才在一起過了半天，但我非常喜歡他。

在那之後我就能坦率地心懷感激，接受別人的好意。我上了大學，自己說有點厚臉皮，但現在我在一流企業工作。放假的時候我還參加義工服務，帶著跟以前的我一樣的孩子們去登山野餐等等一日遊。要做好吃的便當果然很難。

至少也學著做蛋捲，但我做的及不上師丈的萬分之一。然而跟我一起參加義工活動的同伴裡有人稱讚好吃，我打算明年跟她結婚了。

這一切都是託了老師的福不是嗎？

所以我想跟老師表達感謝之意。

我們離開居酒屋以後去了花店。大都市的花店都開到深夜呢。津田先生選的花現在正裝飾在老師的病房裡吧。突然有人送花老師可能會嚇一跳，所以我回來立刻寫信跟您報告。

這次的文章可能雜亂不成章法，還請老師見諒。

我見過津田先生之後，更加尊敬老師了。我的班上也有申請免學雜費的清寒學生，只不過幾千日圓的實習費也交不起的學生也很多。還有沒法去校外旅行的人。雖然想做點什麼，但我沒法幫他們所有人。

我覺得自己頂多只能把跟學校要來的打工機會若無其事地介紹給清寒學生。我雖然已經很小心翼翼了，還是會有家長對著我怒吼說「你瞧不起人嗎！」這樣一來就會讓我覺得隨你們去算了。

但是我想我還是可以盡一點力的。能幫得上忙的應該不只是金錢方面。師丈的蛋捲打開了津田先生緊閉的心防，我也想試著找尋讓學生們能積極面對未來的方法。

這回便報告至此。

受業
大場敦史敬上

大場君如晤：

謝謝你的來信。

得知送花來的津田同學的心意，我真的非常高興。雖然明知道沒有時間機器，我還是在心中祈禱過無數次想回到那一天。但是我現在可以覺得回不去是件好事了。

我曾經以為貧困的家庭是以前才會有的。我曾經認真地思考過要如何讓那些交不起伙食費或遠足費的孩子跟其他人一樣生活。

我覺得不能以家庭環境決定人生。

然而不知怎地社會上的風氣越來越奇怪，我不得不想辦法應付分明有錢卻不肯交伙食費的家庭，離開現場後還得去跟教育委員會報告，讓我覺得時代真是變了。

大場君你們首先得從確認每一個家庭的狀況開始。除了金錢之外的援助方式應該是有的。看到你說就算沒有立即的成果，也希望能有讓大家積極面對未來的方法，讓我十分安心。

我想大場君應該辦得到。但絕對不要勉強。

同時也謝謝你的好意。我現在有進食限制，等出院以後再請我吃美食吧。你的信總是讓我深感溫馨。

就此擱筆。

竹澤真智子草此

3

竹澤老師尊前：

您身體可好？

今天我見到了根元沙織小姐。她結了婚，現在改姓宮崎。我們同住在N市，本以為很快就見得到，沒想到五歲男孩跟三歲女孩的母親甚為忙碌，還好像正懷著第三胎。我在週間請了年假，沙織小姐把孩子們送到托兒所之後約了上午見面。地點是一家賣生機花草茶的茶館。

生機聽起來很時髦，但在這家店只是拿自家花園裡種的香草泡茶的老式茶館。我點了甘菊茶，沙織小姐點了藍錦葵茶，我不知道那是什麼。端上來時是漂亮的藍紫色，加入檸檬就變成粉紅色，像是化學實驗一樣，我吃了一驚。

我們喝著茶，我把老師給的信封交給沙織小姐。她把信封打開往裡面瞥了一眼，但並沒有給我看。

——是要講那次意外的事吧？老師想知道什麼？

沙織小姐把信封放進包包裡對我說。

——不是要談那次意外。老師想知道那天一起出遊的六個人現在過得如何。

——啊，常常在電視上聽到什麼心理創傷。沒事的。如你所見我沒什麼煩惱，過著正常平凡的日子。我也結了婚。要是現在還單身的話，那或許可能是因為對老師的不信任無法消除的緣故。但現在我可以肯定老師當時的舉動。

不信任。真穗小姐跟津田先生都沒有提過的詞，讓我懷疑自己是不是聽錯了。

要是我追問，之後是否能跟老師報告呢？還是不要追究，聊聊她的孩子們然後就回家呢？那樣也能完成老師交付的任務。因為老師想知道的並不是意外的事，而是現在的情況。我雖然這麼想，但還是忍不住問了。

請原諒我無聊的好奇。

——您說不信任是怎麼回事？老師救了學生，師丈卻去世了啊。

——那只是結果而已。你在來找我之前見過了真穗跟津田？那兩個人沒有看到意外發生的現場，只知道結果，所以才崇拜老師。

——到底發生了什麼事？

——我跟老師一起打羽毛球，然後津田就來叫老師。老師跑向河邊，我們也都跟著。半路上老師叫真穗去叫救護車。這你已經聽說了吧？

——是的。然後就是津田先生扭到了腳，過了好一會兒才到河邊。

——沒錯。跑到一半我發現津田沒跟上來，但顧不了那麼多了。我不知道他為什麼沒跟上。但他沒來比較好。老師當時應該不只跟真穗說，而應該跟我們所有人說去叫救護車，要不就該讓我們待在公園等她，自己一個人去河邊就好。那樣的話我就不用看見當時情況了。

——我可以問是怎樣的情況嗎？

——您結婚了嗎？

——沒有，但是我有想結婚的對象。

——您在當老師是吧。

——我教高中。

——要是您的女朋友跟學生一起溺水，您會怎麼辦？要是學生驚慌起來，勒住您女朋友的脖子拼命掙扎，您女友大口大口痛苦地喝進水，情況就是這樣的話怎麼辦？

我當下無法回答。我在見過真穗小姐跟津田先生之後也考慮過同樣的事。但那時候我想像的是兩個人分別被水沖走。其實我女朋友有浮潛的救生員執照，水性很好，難以想像她溺水，所以心想我還是會先救學生。

但是要是情況是沙織小姐說的那樣，每年我教的學生中都會有一兩個情緒不太穩定的，那樣的孩子平常比別人安靜，要是沒有事先聽說，常常無法察覺他們的症狀。曾經有一次一個看似正常的男同學在上課時突然吼叫起來，大鬧教室。他後面有幾個女生竊竊私語，他以為是在說他的壞話。雖然我不是第一次碰到這樣的孩子，但驚訝的是他在初中的時候就有症狀，跟他同校的同學大家都知道，但他進入高中時初中的老師什麼也沒提。之後我去確認時，他的老師說怕會影響他入學，所以報告上沒寫；心想考上高中他的情緒就會穩定下來，不會再發作也說不定。要是讓大家用有色眼鏡看他，未免太可憐了。當時我的手被他抓傷，還有幾處瘀血，但如果是女老師或者女同學的話，可能會受重傷。

我離題了。我想像溺水的是這位同學，他緊抓著我的女朋友在水裡掙扎……

——可能會有人覺得我沒資格當老師，但我想應該會先救我的女朋友。

——為什麼？

——就算有人懷疑我沒人性也沒辦法。女朋友對我來說是世界上最重要的人，我不想失去她。

——但是您可能就當不成老師了。通過資格考試不簡單吧。立定志向努力擠進窄門，就這樣簡單地放棄了嗎？而且現在這個年頭，要再找工作可不容易。

——跟工作比起來她比較重要。只要她活下去就好。

我好像真的面臨生死抉擇，激動地如此斷言。

——就是這樣。

沙織小姐說著在我的空杯子裡倒了她茶壺裡的茶。茶水的顏色比沙織小姐一開始倒的深了。

——老師奔到河邊直接跳進水裡。我覺得老師趕來真是太好了。她馬上就游到兩個人掙扎的地方，把良隆從師丈身上拉開，然後抱著師丈游回岸上，然後拼命替他做人工呼吸。

——良隆同學呢？

——老師拉開他以後，就不管他了。

——老師怎麼會這樣！

——就是這樣。幸好良隆完全沒掙扎，就靜靜地浮在水面，在稍微下游的地方被一塊大石頭擋住，我跟在現場的其他兩個人把他拉了上來，讓他躺在師丈的旁邊。叫他的名字，打他的臉頰，他應了一聲，我們才鬆了一口氣。然後急救人員就到了。

——那老師呢？

——她只顧著師丈。但師丈完全沒有意識，在急救人員看來她這樣做一點沒錯吧？第二天報紙上也登說是良隆先獲救的。

——那你們沒有人說出真相？

——沒說。良隆自己都說是：「師丈跟老師救了我。」我們要怎麼反駁他？但從此我就不信任老師了。

這就是要看把自己跟自己親近的人置於怎樣的處境吧。

我一直望著跑向河邊的老師背影。我跑得很快，緊跟著老師來到河邊。半路上老師跟最後面的真穗說打電話叫救護車的時候，我還心想不是叫我真好。或許是我不知輕重，但我心裡半是不安半是興奮。

從水壩公園到河邊有大約兩百公尺的散步道，然後走下階梯，階梯下到一半就看到溺水的兩個人。老師兩步併做一步跑下台階跳進河裡，毫不猶豫，真是太帥了。老師在兩人下游的地方等著他們漂過去，然後從背後抱住良隆的時候，我幾乎大聲叫好。

然而老師卻鬆了手。我望著被河水帶走的良隆，完全不明白這是怎麼回事。

被拋棄了。我腦中浮現這幾個字。良隆被老師拋棄了。老師拋棄了良隆。老師——拋棄了學生。

我呆呆地望著利惠跟辰彌救起被石頭擋住的良隆。他們倆一人抬肩膀一人抬腳，把又快被沖往下游的良隆拉上來，讓他躺在師丈旁邊，然後照著老師的樣子替良隆急救。

我之所以沒有要說出真相，可能是因為我自己什麼也沒做的緣故。我費力緊跟著老師來了，但到了現場卻手足無措。電視劇裡不常這麼演嗎？

小孩掉進河裡，媽媽在河邊大喊大叫說「來人啊，救命啊！」然後就有善良勇敢的青年奮不顧身跳進水裡——像這樣。有沒人想過媽媽自己為什麼不跳下去救呢？

——說的也是。我是男人，看電視總會覺得女人應該沒法救人，所以從來不覺得奇怪。但其實……

說來慚愧，我跟女朋友約會的時候曾經發生過這樣的事。情況是沒那麼嚴重，我們在公園的池塘餵鴨子的時候，旁邊的小朋友不小心失足掉進去了。那孩子的母親跟我一時驚呆了，我女朋友立刻跳進去把孩子抱起來。她謙虛地說是因為她「受過救生訓練啦」。但我身為男人實在無地自容，所以我瞭解沙織小姐的心情。不，我不能這樣比較吧。

——大部分的人都會這樣吧。所以老師跳進河裡真的非常了不起。我要是老師的話，大概只會在岸邊叫「救命啊！」結果可能兩個人都救不成。但是小時候是沒辦法明白的。我是小孩所以害怕，大人去救是理所當然的。所以從那次意外發生後，我不只不信任竹澤老師，連其他老師都不信任了。

我家開製作家電零件的小工廠，爸媽都日夜工作，從不放假。我高中的時候工廠倒了。當時學校的老師告訴我申請免除學雜費的手續、申請獎學金和打工等等給的建議，但我沒法接受。

因為你自己處於不敗之地，所以可以好像能設身處地為人著想，要是自己的親人遭難的話，一定會捨棄學生的吧。

我真是討人厭的孩子。我總覺得別人不肯幫我，所以反而自己努力。我要自食其力，取得資格好好工作。我考上了牙科護士，認識了來看病的先生。他身材健壯，同事跟朋友都說他好像很可靠，很羨慕我，但那時我完全不信任他。

但是我還是跟他結婚了。您要跟老師報告我的近況的話，請強調這一點。要是不信任大人，連婚也沒結，老師一定會很掛心吧。大場先生應該也難以啟齒。

說是有難的時候可以依靠，但不到那時候誰也不知道會怎樣，要是老是等那個時候到來，搞不好一輩子就過了，所以還是能一起快樂地過日子優先。

就算不救我也沒關係，只要你能顧好自己就好。

看我先生你根本想像不到，但是他不會游泳喔。長大以後就很少有游泳的機會了，所以以前根本沒提過這事，我是去年才知道的。我兒子聽到幼稚園的小朋友說，暑假的時候到爺爺家附近的海水浴場去游泳，就跟我先生說：「我也想去游泳。」結果我先生說：「爸爸不會游泳耶。」我還以為我聽錯了。

我們的小學每個年級都有不同的距離目標，不會游的同學都要練到會游為止。暑假的時候每天都得去學校，我一年級下學期全班都能游二十五公尺了。畢業的時候能連續游三百公尺。大場先生你們學校如何？

——我們學校也是這樣。這好像是市教育委員會決定的。我雖然會游泳，但體力不足，為了要能游三百公尺，暑假期間一直接受竹澤老師的特訓。

——沒錯沒錯，竹澤老師以前好像是游泳選手。就算不是級任老師，暑假的特訓也是由竹澤老師負責，所以我游泳等於是竹澤老師教的。她會說「來當土左衛門吧」。

——我那時候也是。我是個會自己認定某種理論就認死扣的小孩，總覺得人怎麼會浮在水上，應該是揮動手腳才不會沉下去吧。所以我游泳的時候姿勢比別人誇張兩倍，但只是消耗更多體力而已，反而游不動了。我參加訓練的時候老師也說「當土左衛門試試看吧」。

我不知道土左衛門是什麼，以為是哆啦A夢。雖然不太明白，但還是學著伸直手腳，啪地倒進水裡。

——然後就浮起來了！

——對。我心想咦，怎麼不用揮動手腳就浮得起來，還感動了一下。

——我們一年級的時候就會了，完全不知道這世界上有不會游泳的人。但是我先生的小學好像是以次數來決定的，上了游泳課，不會游也不訓練，老師也不會生氣，所以不會游泳也畢業了。並不是他運動神經不好，他是橄欖球選手，還參加過全縣的決賽，所以我才更驚訝。但是那個時候我突然想到了。

老師的先生會不會游泳啊。

要是一家人一起去游泳，別人家的孩子跟我先生一起溺水的話該怎麼辦呢。我當然會救我先生。當然他對我非常重要，但我更不想讓孩子們失去父親。在旁觀者看來我就是個卑鄙的大人吧。不顧別人的孩子只救自己的老公。

但是沒辦法啊，我先生不會游泳。不，就算會游泳，要是他溺水了我還是會救。我沒法當機立斷想到小孩會游泳先生不會。總之救先生就是了。

然而要是真的發生這種事，我大概只會在岸邊大叫「救人啊！」

老師和學生，小學生是兒童？發生事情的時候大家就覺得雙方好像關係非常親密，但事實上也就是一年，頂多幾年的接觸，只是彼此人生中的一小段插曲不是嗎？

學生跟老公要救誰？好像很困難的抉擇，但不管是誰答案都一樣吧。我終於明白會說冠冕堂皇大道理的人只不過是還沒碰到這種情況而已。

之所以不信任老師是因為那時我是小孩。要是老師當時救了良隆我可能會很感動，但現在結了婚，就會覺得老師雖然是個好老師，但身為人妻和對家庭的責任呢？應該會產生另外一種不同的不信任吧。

不管怎麼說，家人是最重要的。

我先生和小孩都在上游泳學校。我兒子在上小學之前就已經能游二十五公尺了。很厲害吧。

但要是我家的孩子發生那種事，我還是希望老師能救小孩，不管小孩會不會游泳。

請替我跟竹澤老師問好。

聽到沙織小姐的話之前，我也完全沒想過師丈會不會游泳。沙織小姐說了不管怎樣都會救對自己的人生而言重要的人，我很羨慕沙織小姐的先生。然而我覺得老師當時應該是經過冷靜的判斷吧。

師丈跟良隆同學溺水了。師丈不會游泳，但良隆會游泳。而且從小一的時候就知道靜止不動就能浮在水面。總之先讓良隆冷靜下來就好。老師先抱住良隆，讓他冷靜下來，然後放開他，把師丈救回岸上。

老師的確先救了良隆同學。所以良隆自己也這麼說。

我曾經以居高臨下的姿態，心想老師先救師丈也是人之常情，真是太慚愧了。

老師和學生的往來只有短短幾年，而且還可能是一天裡幾個小時。但是讓我想不到這世界上還有不會游泳的人，覺得游泳是理所當然的，卻是老師的教導。而且那還是意外發生之後的次年，老師完全沒說「為了防止萬一」這種強迫大家接受，讓小孩子不安的話，而只教導大家游泳是多有趣的事。

我想包括我在內，很多作老師的都要求回報。「託老師的福，考上了某某大學。」聽到學生這麼說，當老師的都會想跟大家炫耀吧。反過來學生的社團活動得獎的時候，要是好像都是他們自己的功勞的話，老師也會滿心不高興，心想是誰指導你們的啊。

我真的是心胸狹小的人。

學生不特別來跟我說「都是託了老師的福」也沒關係。我教的事情，要是能讓學生們在不知不覺間吸收浸潤，連是誰教的都沒注意到就好了。

接下來我想跟古岡辰彌先生聯絡。古岡先生的電話也打不通，但我中學的朋友在區公所上班，我跟他說了之後發現他跟古岡先生上同一所高中，就請他替我調查他的聯絡方式。我上的是學區外的私立高中，要是跟大家一樣上公立學校的話，可能會碰到這六位同學中的哪位也說不定。

這麼一說我也覺得當天我彷彿在場……

老師跟師丈，以及這六位同學之間發生的事，是不是對我而言也開始有某種意義了呢。我覺得老師好像是要我注意到某件重要的事，才寫信給我的。

我會再跟老師聯絡的。

受業
大場敦史敬上

大場君如晤：

謝謝你的來信。你跟沙織同學之間的會話應該很難以啟齒，謝謝你據實告訴我。不只是沙織同學，我想看見我跳進河裡的孩子們應該大家都不信任我了吧。

正如你信中所說，我先生不會游泳。要是我先生說要帶孩子們去海邊，我可能會有所顧忌而反對。因為去的是河邊我就大意了。當時不是游泳的季節，學生們也很習慣在河邊玩耍，我作夢也沒想到會出事。河川對我而言是習以為常的存在，我想對孩子們也是一樣的。

但是良隆同學卻不是如此。他是四年級的春天從別的縣搬來的轉學生。他雖然會游泳，但應該無法靜止不動讓自己浮起來。即便如此要是他是有很多朋友，喜歡在外面玩的孩子的話，或許會比較習慣河邊。

然而他喜歡在教室一角靜靜地看書。這並不是壞事，但當時並不像現在這樣尊重個人的自由。孩子們應該在外面大家一起玩耍，不把他教成這樣不行，當時的確覺得需要這樣做。

所以我邀了良隆同學一起去撿落葉。我本來應該特別注意他的，但他失足落水，我卻救了我先生。

大場君好意地解釋成良隆同學知道如何當土左衛門，只要讓他平靜下來就好，但我背叛了大場君的善意。或許我不該寫這些。但那樣的話我當初就不必請你去找那六個人了。

良隆同學獲救只是結果而已。他能浮起來隨波逐流，應該是我將他拉離我先生的時候他，喝了幾口水昏過去了。所以我很擔心其他的孩子們是不是也很不安。或許我該在轉任前好好跟他們談談的。

但是當時我辦不到。對他們來說，現在我做的事可能都是馬後砲，只是為了自我滿足。就算這樣我聽到三個人都各自過著幸福的生活，還是十分欣慰。

那個時候的小學生現在也已經為人父母了。沙織同學能毫不猶豫地說家人最重要，真是非常成熟穩重。我把我先生放在第一位，忽略了良隆同學。因為這樣我失去了更重要的東西。

不顧一切跳進河裡，最後良隆同學獲救了，那到頭來這樣做或許還是正確的。但就這樣下結論可能還太早吧。

給你添了許多麻煩，真是不好意思。

剩下三個人也萬事拜託了。

竹澤真智子草此

4

竹澤老師尊前：

您身體狀況如何？

每天都非常炎熱，我快要熬不住酷暑了。去學校也只能一直躲在有冷氣的教職員辦公室裡。說這種沒出息的話，可能是因為前幾天跟古岡辰彌先生見面了，他整天都在大太陽底下工作，真是讓人敬佩。

古岡辰彌先生在市內一家叫做「梅竹組」的建築公司上班，現在正在負責赤松河下游河灘的整頓工作。

之前的三位聽到老師的名字就知道是要談意外的事，因此我說了我是在N北高中任教的大場，想跟S小學的畢業生聊聊。他回問我：為什麼？我脫口而出說是廣電社要採訪。我以為自己回得很不錯，但他又問我說留在本地的S小學畢業生還有別人，非得採訪他不可嗎？

我說絕對想請古岡先生幫忙，他就說你是想問那次意外的事吧。我一時語塞，他說關於那件事我沒啥可說的，然後就把電話掛了。

我被自己的淺薄短視打敗了。對曾經經歷過意外的人說因為要意外事件採訪他，當然會引起人家的戒心。結果我發簡訊給他說是竹澤老師有東西要交給他，不想提起意外讓他心生警戒，所以一開始說了謊。

古岡先生回我簡訊說，那你早說就好了。他答應和我見面。

我們去的地方是鎮外的一家小料理屋。我本來說要去離古岡先生的工作場所近的地方，但古岡先生說想去不會碰到認識的人的地方慢慢聊，就帶我去了那裡。結果那家店地方我去過好幾次。

老師應該能瞭解，在私人時間碰到學生或家長並不是什麼好事。特別是約會的話必須慎選地點。只要被人看到過一次，立刻就會傳得人盡皆知，什麼時候結婚啊之類的八卦滿天飛。知道我交了女朋友，就有多事的同事告訴我不為人知的小店，結果就是古岡先生帶我去的這家。

古岡先生反而好像是第一次去。他問朋友有沒有可以安靜談話酒又好喝的地方，人家告訴他的。我問他貴友是不是某某先生啊？說了我同事的名字，結果世界還沒小到這個地步。

走進只有六個人的櫃臺座位和兩張桌子的小店裡，老闆娘立刻捉弄我說「今天沒有帶可愛的女朋友來啊。」我們在裡面的桌位坐定，連古岡先生也取笑說「什麼，原來老師跟女朋友都來這裡幽會啊。」這裡我不是第一次來，本想應該可以主導情勢，但倒了啤酒舉杯互敬的時候就已經被古岡先生佔了上風。

——老師，那次意外竹澤老師說了我什麼嗎？

我本來想兩人先吃點東西慢慢閒聊的，他突然就先發制人了。

——請等一下，古岡先生。我的確是受了竹澤老師之託來跟您聯絡，但老師想知道的並不是那次意外的事，只要知道您現在的狀況，不提那次意外也可以的。還有就是請不要叫我老師。

——你是老師不是嗎？

——我是從事教職，但我並沒有教過您。

——但是你最初自我介紹的時候就先說你是在哪裡教書的誰誰不是嗎？那我豈不是非叫你老師不可。

——通常自我介紹都不會提職業？

——據我所知大概只有醫生跟老師會提吧。話說回來今天你要跟我見面，跟你是老師有任何關係嗎？

——是沒關係。只不過因為是初次見面，覺得除了名字以外再說明職業應該比較不會引人起疑。

——這樣啊。因為你有自信，覺得自己從事的職業是值得社會信賴的。

——您怎麼這麼說，職業哪有信賴不信賴的分別。

——那如果有人突然打電話給你，說「我是『梅竹組』的古岡辰彌」，你覺得如何？

——我大概會覺得建築公司的人找我做什麼吧。要是我是縣外的人或許會驚訝。市內的話大家都知道梅竹組這家公司啊。

——是嗎？難道不會有道上的那種印象？

——不會，我從沒那麼想過，也沒聽過別人這樣說。

——那應該是老師沒注意到吧？要是你妹妹要跟「梅竹組」的人結婚的話呢？

——我是獨生子，但我想我不會反對。

——這樣啊……但是小孩呢？學校的作業要寫爸媽工作的作文吧。

——我父親的工作是整理鎮上的環境，不是很帥嗎？「梅竹組」搭橋鋪路、整頓河灘、負責校舍的耐震工程，對鎮上有很大的貢獻，老實說我很羨慕具體成果能流傳下去的工作。

——那你也去建築公司上班不就得了。你是因為自己有著穩定的職業，所以有餘地稱讚別人不是嗎？當老師就是這麼回事。叫學生寫作文畫畫，要是有人有問題的話，之後再解決就是了。我的意思是要是這樣的話，一開始就不要叫人寫了啊。

——所以最近都不會出這種作業了。現在家庭環境多樣化，家裡一定有雙親、父母有工作等等已經不是理所當然的事了。父親節或母親節也不叫學生畫爸爸或媽媽的畫像，父兄參觀日也改成監護人參觀日了。

——現在這社會變得真親切啊。要是那個時候也這樣，或許意外就不會發生了。

古岡先生臉色一沉，一口氣乾了啤酒。我以為他是個豪爽乾脆的人，結果他拿跟正題沒關係的事捉弄我，讓我有點不高興；但或許他是在試探我接下來會用怎樣的態度聽他要說的話也未可知。

——喏，你叫什麼名字？

——大場敦史。

——可以不必用敬稱嗎？

——請隨意。

——大場家只有母子兩人，而且母親是在賓館工作，父親節得寫爸爸是做什麼的作文，沒辦法寫的話那就寫媽媽或爺爺奶奶都可以。要是老師出了這樣的作業要怎麼辦？小四的時候。

他肯叫我的名字，我覺得他似乎稍微敞開了心房，有點高興。但我無法回答他的問題。因為我知道古岡先生並不是在講別人的事，而是在說他自己。

古岡先生的杯子空了，我也把剩下三分之一的啤酒喝掉，然後問他要點什麼，藉此轉移了話題。大人真是卑鄙啊。藉酒逃避、最糟糕的情況下還可以裝醉，不想聽的話都可以假裝沒聽到。但是小孩無法逃避。我知道老師出這樣的作業並沒有惡意，而是要小孩瞭解父親的職業，從而心懷感激。老師可能覺得現在這個時代特別需要這種試煉。

即便如此，要是我站在古岡先生的立場，果然也會覺得不知該怎麼寫這作文，可能就不寫了。但是，我可以想像小孩會覺得就算交不出作文，竹澤老師應該也能理解。就算很難受，但應該不會被追究吧。

但那只是老師跟學生間一對一的關係，小孩其實更在乎其他小朋友的反應。自己小時候分明非常介意，為什麼長大就忘記了，還能不負責任地對學生說管自己就好，不要管別人那麼多呢？

我一面深思，一面喝著新送來的啤酒。古岡先生開口了。

——你沒辦法回答吧。

——對不起。

——不，總比假裝明白好多了。你是那種現在流行的叫什麼系的男人吧。女人說什麼都默默點頭，一定也從來沒跟女朋友吵過架。

正如古岡先生所說，我跟女朋友交往以來從來沒吵過架。但那並不是我們完全沒有意見不合之處，而是大家都有顧忌的緣故。特別是她不是像我這種隨和的類型，而是非常有主見的，但她似乎在壓抑自己，我反而對我們不吵架感到不滿。

然而那應該是我包容力不夠的緣故。

——我從小時候就成天打架。作文題目出了以後，住在我家附近的女同學問我說：你作文要怎麼寫？我就火大了，回她說：妳看不起別人家啊。妳老爸不工作光喝酒打人，這妳寫得出來嗎？其實她可能是出於好意才問我的。

——那她怎麼回答？

——那傢伙脾氣比我倔十倍。她說我寫我媽啊，當護士是好工作，我可以寫好幾張稿紙，在大家面前念出來我也一點不丟臉。她這不是在說我媽做的是見不得人的工作嗎？我火大了就揍她。

——您打女孩子嗎？

——我才十歲啊，哪分什麼男女。那時候她還比我高呢，我打她她就踢我的肚子，彼此彼此吧。但其實分出勝負比較好。我們在教室裡打架，旁邊看熱鬧的也加入，演變成男生跟女生對抗。

——竹澤老師呢？

——那時候不在教室，但馬上就知道了。放學後她把我們兩個叫去，罵了我們一頓：說別人家的壞話是最卑鄙的。我們雖然互相道歉了，但可沒辦法立刻就「握手言和」。所以老師就計畫了野餐讓我們和好。

——不是去撿落葉嗎？

——當然不是。

——吵架的對象是藤井利惠小姐嗎？

——對了，竹澤老師要你找的不只是我吧。我和利惠和良隆嗎？

——不，全部六個人。

——那可真辛苦。所以你還沒跟利惠聯絡上是吧。

——您怎麼知道？

——利惠也留在老家，我們偶爾會聯絡。她沒提過你的事，我心想為什麼光找我啊。好吧我也沒跟利惠說你來找我就是了。利惠的近況就由我順便跟你說可以嘛。

古岡先生直呼利惠小姐的名字，讓我有點不愉快。那是因為我自己沒法直呼女朋友的名字，根本沒理由遷怒到古岡先生身上，但我卻決心一定要跟利惠小姐見面。

——我答應了老師，可能的話還是希望直接見面。

——這樣啊。好吧。要是她之後從別人那裡聽說竹澤老師的代理人來找當時的六個人，卻沒找她，一定生氣覺得我多管閒事。她還是跟以前一樣動不動就發脾氣。總之你去見她，跟她隨便聊聊好了。意外的事我連她的份一併跟你說了吧。

——真的不必這樣，只要說說近況就可以了。工作的事之類的。

——少蠢了，老師才不會因為想知道這種事而特意拜託別人的。你試著不要提那次意外，直接說過得很好試試。老師絕對會以為我把那時候的事忘得一乾二淨了。說實話本來都是我們的錯。

——我們？

我和利惠啊。要不是我們因為無聊的事吵架，老師也不會計畫野餐讓我們和好。要撿落葉不用特別跑到赤松山去，學校附近的神社裡多得是。到那撿不就得了。要是我們互相道歉以後，跟平常一樣隨便說兩句話就好了。

——但是小孩沒那麼容易和好吧。

——不對，不是那樣。我之所以躲避利惠，是因為她在回家的時候又跟我道過一次歉。而且還是邊哭邊說對不起。其實說了難聽話的只有我，為什麼那傢伙要一直道歉啊。我覺得不好意思，就拼命躲她。

——這種感覺我明白。她非常灑脫就反而顯得我窩囊，讓人非常鬱悶。對不起，拿我自己跟您相提並論了。

——一樣的啦。所以你也不要用敬稱了。

——也是，我們同年呢。

我這麼一說古岡先生非常驚訝。他跟真穗小姐相反，好像以為自己比我大。他跟我說「不好意思啦」。我覺得他真的非常直率。

他也非常嚴肅地看待那場意外。

——我和利惠都覺得師丈的死是自己的錯。要是我們不吵架就好了。她是這麼覺得的。但要是只有她去野餐我不去的話，就不會發生意外，她就吃吃好吃的便當，愉快地打羽毛球然後回家。

——難道說去河邊玩是古岡你提出的？

——那也是原因之一。我跟她一起吃便當就覺得坐立難安了，更別提打什麼羽毛球。

——那只是碰巧你先說出口吧。津田先生或良隆先生也有可能說的。要是我的話，去水壩公園我也會想去河邊玩而不是打羽毛球。

——但是大場就不會強迫不想去的人一起去吧。在河邊說要去對岸的人是我。津田說「好像很好玩」，但良隆說「還是不要啦」。那時我嘖嘖說「真是無聊」。他就說「那就去吧」。他跟在我後面，腳一滑就掉進河裡了。

現在想起來良隆平常就很乖，從來沒說過「不要」這種話，應該是鼓起了很大的勇氣才出口的。他落水以後師丈立刻跳下去，津田去找人幫忙。老師來了立刻跳進河裡，利惠和我也跳進去。要是良隆落水的時候我立刻跳下去就好了。

——那樣不成。要是連古岡你也溺水了，豈不是更糟。

——總比不會游泳的師丈跳下去要好吧。

——原來你知道。

——看就知道了啊。師丈跳下去以後，我心裡就想，這人不會游泳啊。你看，是我的錯吧。你就這樣跟老師說吧。不用管利惠了。但那傢伙無論我怎麼跟她說她都不聽，認為是自己的錯。

——呃，你是不是喜歡利惠小姐？你們在交往嗎？

——沒在交往。但我們都抱著罪惡感，所以時不時會聚在一起。在那之後我絕對不想再讓她哭了，也不想讓她看見我沒出息的樣子，卯起來鍛鍊過身體。過了二十幾年，不久之前我才發現其實不是這麼回事。那傢伙參加同事的結婚典禮以後，哭得稀哩嘩啦的。並不是被婚禮感動了。同事的對象是醫生。她也想結婚，但沒辦法只好放棄。

——她自己這麼說的嗎？

——她是沒說，但我知道。是我害死了師丈，我不能結婚的。她一定會這麼想。

——那古岡你就跟她求婚……

——小心我揍你喔。要是我跟你一樣當老師，早就給她求下去了。在那種明年會怎樣都不知道的公司做事，怎麼能說那種不負責任的話啊。

——但是「梅竹組」不是都負責大工程嗎？

——在此之前狀況都不錯，但最近一兩年不行了。這次整治河灘的工作結束之後，就沒有下一個案子了。而且就算我沒被裁員，她要是跟我在一起的話，不就永遠沒法擺脫那次意外的陰影了嘛。所以我就說，跟妳這種頑固的女人在一起悶死了，妳還是去找個醫生或是公務員之類的金龜婿嫁了算了。

——這是說我是老師所以是金龜婿嗎？

——真令人羨慕啊。要是你沒女朋友，我現在就把利惠叫來介紹給你了。

——你分明沒這個意思。而且那樣的話不是給利惠小姐添麻煩嗎？就算你要打我我也要說，我覺得利惠小姐是喜歡你的。

——所以我才被打嗎？

——利惠小姐打你？

——甩我巴掌呢。

——那果然沒錯。

——不是吧。我完全沒有讓利惠喜歡的地方。而且要是她說喜歡我的話，那也不是愛，而是同情。要不就是奇怪的責任感。不管是什麼都謝謝不必了。好了，不要再說我跟利惠的事了。

對了，竹澤老師。我希望老師好好享受人生。現在是人生六十才開始。既然退休了，就應該去國外旅行，唱唱ＫＴＶ之類的。但是老師竟然住院了，還掛心二十年前的學生。我能幫上老師什麼忙嗎？

——那麼古岡你就……

——等等，不要說。你是代替老師來的，輪不到你說。還是去問老師吧。然後就是你去找利惠的時候，不要跟她說老師在住院，就跟她講老師在大阪過得很好不行嗎？

——你要我隨便說謊那才不行呢。我得先取得老師的同意才行。

——你真是死腦筋啊。所以當老師的都讓人頭大……

古岡先生就這樣醉倒了。我在店門口叫了計程車，扶他上了車。我還是覺得十歲的古岡沒有跳進河裡是對的。就算他會游泳，要救的對象是跟他同年紀的孩子，要自己把他救上岸絕對沒有想像中那麼容易。更有甚者，我聽說當時良隆同學勒著師丈的脖子驚惶失措。一個不小心兩人都可能淹死。

要是那個時候怎樣怎樣就好了。

我再度確實體認到人生就是不斷重複這個念頭而累積起來的。但是古岡先生跟利惠小姐背負著太多的罪惡感。這不是他們的錯，也不是老師的錯。

我是否不該光憑臆測這麼寫呢。憑我短短的教職生涯經驗，唯一想得出的理由就是意外發生之後，周圍沒有大人對他們兩人說「不是你的錯」、「不要介意」、「忘了這件事吧」。

所以他們倆一直覺得是自己的錯。

古岡先生生我的氣是有道理的，我的任務只不過是聽他說話然後跟老師報告而已，沒有立場表達任何意見。或許我也說了傷害老師的話。但我不能憑一己之見編輯古岡先生說的話，雖然不知這樣的判斷是否正確，但我忠實呈現了我和古岡先生的對話。

古岡先生想問老師的事情，您要是不想讓我看到而直接回答古岡先生的話，我有寫下古岡先生的地址，要是您寄封口的信封給我，我一定絕不打開直接轉交。

請拯救仍舊為那次事件所困的人吧。

這回報告至此。

受業
大場敦史敬上

附記：

我完全忘記老師要我轉交的信封了。我會把給古岡先生的信封跟這封信一起寄出。

真的非常抱歉！

大場君如晤：

謝謝你的來信。我拜託大場君跟六位同學見面一事，竟然讓大場君傷心了，真是覺得非常對不起你。

古岡同學當時是非常活潑頑皮的孩子，因為家庭環境的關係會跟人吵架，但他對大家一視同仁，心地很善良。他跟利惠同學是青梅竹馬，我覺得他們很在乎對方，但才十歲的孩子就算會為他人著想，要是別人為自己著想反而會不好意思，偶爾會到惱羞成怒的地步。

我身為他們的老師，努力想要解開這兩個十歲孩子的誤會，讓他們和好。現在他們都已經長大成人，要撮合他們的話好像有點多管閒事了。只不過要是阻止古岡同學心意的是他對自己職業的劣等感的話，我交給大場君的信封讓古岡同學打開以後，應該就沒問題了。

他們吵架的原因是作文題目啊。

為了讓他們和好叫他們兩個過來的時候，沒有人提起作文。古岡同學說利惠同學取笑他母親，利惠同學說古岡同學取笑她父親。我難過地聽著，雖然他們常常這樣，但這都是我思慮不周的緣故。

要那些孩子寫家人的作文是很殘酷的事。但為了少數人而在教學的時候完全不觸及家庭，我覺得這樣是不對的。到底怎麼做才對呢？只能說我並不否定家庭的多樣化，但家庭是無可取代的存在，我結婚了真好。

能遇見互相理解的人，是人生無可限量的財產。就算只有短短的幾年，也會永遠留在心中。我現在才跟你說這個，可能你會覺得我很卑鄙；其實那天我先生就算不跳進河裡，他的健康狀態也未必能夠跟我一起去看第二年的紅葉了。

我在三十三歲的時候跟當上班族的他相親結婚，他在兩年之後發病，辭去了工作。我們兩人商量好了，要好好珍惜剩下來的日子。享受四季的變化，留下每個季節的回憶。

他很喜歡小孩。

我不知道他有沒有察覺，去撿落葉是要讓我先生跟同學們都能開心的活動。準備美勞作業、讓古岡同學跟利惠同學和好、讓班上貧困家庭的孩子們享受假日，這些或許都是原因，但最主要是為了我先生。

我拜託他幫忙撿落葉，他跟小孩子一樣興奮，說既然如此那就順便野餐吧。他很期待那天出遊。為了做好吃的便當，還買了食譜來參考，好幾天前就開始想要做什麼菜。我家的餐桌並不是一直都那麼豪華的喲。

良隆同學失足落河的時候，他雖然不會游泳還是跳了下去，我想他是為了拯救未來無限光明的孩子，所以才毫不猶豫奮不顧身。

我們的夫妻生活短短七年就結束了，但我相信有那七年才有現在的我。要是我先生知道有孩子因為他的緣故無法幸福，絕對會比我更難過。

我希望能跟我先生說六個人都很幸福。還剩下兩位，雖然想繼續拜託你，但現在這樣也足夠了。

不繼續也無所謂的。

請千萬不要勉強。

竹澤真智子草此

5

竹澤老師尊前：

近來貴體是否無恙？我知道了師丈的事，決定負責找到剩下的兩個人跟您報告，但花了一點時間，還請您見諒。

我本來打算接下來跟利惠小姐見面，寫簡訊問古岡先生，他回我「還是不想告訴你。」從那之後他就拒絕接受我的訊息。

之前我試圖跟生田良隆先生聯絡，他的電話也打不通。我問了真穗小姐，她說他國中二年級的時候就搬家了。我一時束手無策，可能是之前四個人太過順利了吧。

我先打電話到生田先生就讀的本地中學詢問他轉到那所學校，到那邊去詢問他當時的住址。本來因為之前跟古岡先生的教訓，不想表明職業，但這次我是老師幫上了大忙。我寫信到他們告訴我的地址去，那裡是良隆先生的奶奶家，他們替我轉了信。

生田先生回了我電郵，只有一句話說不想見面。我回說竹澤老師有東西要交給你，他回說不想收。他不願意再想起那次意外了。

於是我就說，即便是簡訊也好，請告訴我您目前的情況好嗎？只要幾行字就可以，讓我能跟老師報告就行……

他回說希望這是最後一次聯絡了。附加檔案的內容要不要給竹澤老師看都隨我。我打開附加檔案，是良隆先生的手記。我遲疑了一會兒，還是複印出來跟這封信一起寄給老師。

我不打算繼續要求生田良隆先生跟我見面了。

這樣可以吧？

老師交給我的信封我打算用郵寄。

謝謝老師的關懷，只剩下最後一個人了。

我試著會設法說服古岡先生的。

受業
大場敦史敬上

＊

我因為父親工作的關係，小學四年級的春天從外縣轉到N市立S小學。這是上了小學之後第二次轉學了。

我個子小，不擅長運動，休息時間總是在教室的角落看書，我覺得這樣很好。但在班導看來我好像是沒有朋友的可憐小孩吧。

休息時間跟同學玩躲避球就是健全兒童，一個人留在教室裡就是問題兒童。真是多管閒事。

班導先是試著要硬推朋友給總是自己一個人的我。既然要這樣的話推給我喜歡看書的模範生就好了；但她可能是想設法把我拉出去玩躲避球吧，找了個霸道又喜歡打架的孩子王。

下課鐘響同時，她叫住這個立刻想要奔出教室，叫做古岡的小孩，跟他說「帶良隆同學一起去吧。」這種說法根本就是錯的。聽起來就像是代替想跟大家打成一片，但自己沒膽不能開口的同學拜託似地。我什麼時候拜託過這種事了。古岡被老師拜託，就得意洋洋地對我說「那就一起來吧。」說完就拔腿跑出去。我沒辦法只好跟著他一起去。在那之後也一直都是如此。

我沒有跟古岡同學並肩走過。總是跟在他和他的朋友們後面。看見滿足地望著我們的班導的臉，我覺得簡直要吐了。

一旦跟過他一次，要離開就沒那麼容易了。我說今天想看書，不想出去玩，古岡就會嘖嘖說「真是無聊。」周圍的人也都帶著厭煩的表情。要是我自己一個人留下來，他們明天就不會來邀我了吧。這麼一想就覺得不得不去。一開始我並不討厭自己一個人，但是現在不想自己一個人了。在以前的學校曾經因為小誤會被班上帶頭的同學討厭過，整整被欺負了半年。我雖然討厭出去玩，但總比被欺負好。

然後就到了那天。

去撿美勞作業要用的落葉吧。來邀我的不是班導而是古岡。是古岡自己來的還是班導叫他來的，我到現在仍舊不知道。連放假日都要出去玩讓我心情很壞，但我沒法拒絕。

但是真的去了卻很愉快。班導的先生也是很安靜的人，他教我們認識各種樹木昆蟲。難得有人教我們，古岡跟津田他們卻在那裡用橡實互丟玩耍、女生則在聊昨天晚上看的電視，真是太沒有禮貌了。我專心地聽著，師丈就告訴我鳥叫聲的區分。

「你知道擬聲語嗎？就是把鳥的叫聲置換成人話。樹鶯的叫聲是法─法華經，綠繡眼的叫聲是謝了謝了謝滿地，大白眉是敬啟者鈞鑒，燕子是地球地球、地球儀。」

吃完飯以後我們去水壩公園玩。羽毛球跟河邊，兩個我都不喜歡，但師丈要去河邊，可能還能聽到有趣的話題，就滿懷期待地去了河邊。但是師丈好像是累了，他靠著河邊的石頭坐下，說我坐這裡，你們去前面玩吧。

一級河川赤松河我在上下學的時候已經看習慣了，放學以後也曾經跟古岡他們去河邊玩過。但那裡深得不像是同一條河。水非常清澈透明，可以看到河底的砂石和游來游去的魚，同時也看得出要是掉下去的話腳是踏不到底的。掉下去的話就會溺水。我並不是不會游泳，但是聽著奔流的水聲，我知道河川跟學校的游泳池完全不一樣。

古岡說要過河去對岸。河面大約有五公尺寬，有個地方有間隔大約五十公分的踏腳石，他說要從那邊過去，但我站在河邊就腳滑了。

「不要啦。」

我鼓勇這麼說，但他嘖了一聲，不予理會。沒問題的，小心慢慢走就沒問題。我一面對自己這麼說，一面一步一步往前走。不知從哪傳來鳥的叫聲。牠在說什麼呢？我這麼想著，抬頭望向天空的瞬間，右腳踩的石頭傾斜了，我失去平衡掉進河裡。

我醒來的時候已經躺在醫院的病床上。我看見父親跟母親的臉。太好了，太好了，母親邊哭邊說。抱著我不讓我被河水沖走的是師丈。我也記得班導的臉離我很近。是他們倆救了我。啊，太好了。我再度閉上眼睛，想起了大白眉的叫聲。我完全不知道師丈在同一家醫院去世了。

敬啟者鈞鑒——

父親告訴我師丈死了。母親不停地說「不是你的錯。」但不停地聽到這句話讓我覺得像是在說就是你的錯一樣。這是事實。師丈是被我害死的。

但是沒有任何人責備我。母親陪我回學校的時候，大家都說「你獲救太好了。」但沒有人提到師丈。同學沒有，班導也沒有。我甚至覺得是不是爸媽搞錯了，師丈並沒有死，因為沒有半個人提這件事。

我爸媽大概跟班導道過歉，班導以寬大的態度原諒他們了吧。「連師丈的份一起努力」成了我母親的口頭禪。那或許是班導說的也未可知。但光是自己要活下去就費盡全力的人，要怎樣連別人的份一起努力呢。是不是該當醫生或急救人員，從事救人性命的工作呢。但是我並沒有特別出類拔萃的能力。

念書普普通通，運動不行，興趣是看書，自己的人生的話這樣我就很滿足了。但是要是有人為了救這種人而喪失了性命，或許會連那人的人生也被否定。我非得要成為有資格讓人捨命救我的人不可。早知道乾脆那時候死了還比較好。

我勉強考上了三流大學，卻不去上課，不停反覆傷害自己，每次失敗我都憎恨自己的存在，想著我連求死都不能。

有一天，我茫然在街上走的時候，聽到了鳥叫聲。我抬起頭，看見公寓屋頂上有個女人正攀越欄杆。我急忙跑到附近的派出所，事情鬧得有點大，但那個女人平安獲救了。女人的丈夫不斷地感謝我。我雖然不知道女人為什麼要那麼做，但我算是救了一個人的性命了。

這樣欠師丈的情就抵銷了吧。

我並沒有徵求別人的意見，而是不斷對自己暗示，已經結束了，已經結束了。師丈已經原諒我了。因為那時候我聽見了鳥叫聲不是嗎？

從那以後我只為自己而活。我在製作辦公用品的小公司上班，休假的時候就看書散步，我很滿意這種生活。

所以就讓那件意外至此結束吧。

大場君如晤：

謝謝你的來信，也謝謝你寄來良隆同學的手記。

正如手記中所說，我對良隆同學的雙親說：「良隆同學連我先生的份一起努力的話，我跟我先生就都無憾了。」那時候我真的是這麼希望才說的，沒想到這是最不該說的話。

把良隆同學逼得走投無路是我的責任。他已經憑自己的力量站起來，穩健地繼續生活，這樣我就安心了。敬啟者鈞鑒，地球地球、地球儀。那個人喜歡傾聽自然的聲音。那天也聊到這個啊。他一定覺得野餐非常愉快吧。

至此我已毫無遺憾了。

利惠同學的話，我想不久之後她應該會主動跟大場君你聯絡的。或許這封信寄到的時候，你已經見到當年事故的第六個人利惠同學也說不定。

大場君，真的讓你費心了。我拜託你這種事，真的感到很對不起你。

我好像到最後都是不成材的熱血教師。請原諒我吧。

衷心祝你一切順遂如意。

竹澤真智子草此

6

竹澤老師尊前：

您身體可好？這是我最後一封跟您報告的信了。

老師您或許已經注意到了，從第一個人真穗小姐開始，我就在見面時將會話內容錄了下來。這是廣電社採訪時的習慣。本來想徵求他們的同意，但那樣的話他們可能就不肯有話直說，所以雖然覺得不好意思，還是偷錄了下來。

這次我沒有錄音，但我有自信可以一字一句真實重現，因為我們兩人的會話仍舊在我腦海中徘徊不去。

老師雖然在上次的信中說已經滿足了，但我覺得還是非得跟老師報告不可，而且老師應該也有知道的義務。

我接到老師的信之後，就一方面等待利惠小姐的聯絡，一方面重回日常生活。我去暑假中的學校上班，悠閒地指導社團活動，研究教材，時間到了就下班回家。五點就可以下班也就只有這個月了。就在此時我的女朋友傳簡訊約我見面。以前也跟您報告過，她在縣立醫院當護士，我放暑假以後她一直很忙，無法見面。她傳了簡訊來說她輪班休假，可以見面了，我非常高興地回了信。我跟她見面通常都在週末，為了避人耳目，以前去了跟古岡先生見面的那家店，但很久沒有在平日見面了，所以就訂在義大利餐廳約會。

其實上次見面時，我曾經說過「妳願不願意考慮一下結婚，之類的呢」，這種類似求婚的話，但因為加了「之類的」這樣好像開玩笑的講法，被她說「你喝多了啦」，就不了了之蒙混了過去。

但是最近半個月來，我跟二十年前經歷過那場意外的同年齡者會面，慢慢地開始重整自己的人生。不拘泥於過去，活在當下就是這樣嗎？過去與現在該和未來有怎樣的關連呢？我認真地考慮這一點，重新嚴肅地想像我跟她的未來。

然後我得知老師對師丈的感情，發覺自己在決定未來的重要場合，為了怕萬一被甩竟然用「之類的」這種詞給自己事先找台階下，真是大錯特錯。

她是本地的朋友介紹給我認識的，剛開始交往的時候大家都非常客氣。並沒有人特別提出說我們繼續交往吧，而是自然而然地約了下次見面，當然也不會吵架。我決定要重新開始，正式跟她提出以結婚為前提交往。我下了決心，前往約好的餐廳。料理也事先定了店裡最高級的套餐。

她打扮得漂漂亮亮地準時到達。我好像第一次見到她一般，心頭小鹿亂撞。菜和酒送上來，我們舉杯互敬，開始互道三週未見的近況。她在婦產科上班，說這個星期非常忙，有兩對雙胞胎出生等等。分明工作上應該還有更奇怪的插曲，或是她想抱怨的事，她卻絕對不會拿病人取笑或說他們的壞話，一直都遵守保密義務。

我雖然想跟她聊學校的情況，但並沒有什麼特別值得說的，於是就跟她說了以前的恩師來拜託我，請我去找她二十年前教過的學生。

有很多人會想聽學校的奇聞怪事，特別是發生了意外或事故的話，死纏爛打追問的人不在少數。但她從來沒有問過我。然而那時她對我說的話露出非常感興趣的樣子。

——為什麼現在要找二十年前教過的學生？

——老師今年退休了。二十年前有六個同學捲入一場意外事件，她想知道這些同學現在過得好不好。

——為什麼找大場君呢？

——我一直都有跟老師聯絡，每年都寄賀年卡，還祝賀她退休，此外我住在N市，最主要的理由應該是知道我暑假有空吧。

——這樣啊。是怎樣的意外？

我不知該不該告訴她。但她應該不會說出去吧。而且稍後提結婚的話題時，我也想跟她解釋這次的經驗給我的感想，所以就說了。

——二十年前老師帶著班上六個學生，跟師丈一起去赤松山撿美勞作業要用的落葉。之後到水壩公園吃便當，分成兩組玩耍。老師和三個女生在公園打羽毛球，師丈跟三個男生去河邊玩，發生了意外。有位同學掉進河裡，師丈為了救他去世了。

——老師拜託了你什麼？

——跟那六個人見面，然後把現況告訴她。她並不是要知道意外的經過，而是希望那六人沒有受到意外的影響，過著幸福的生活。此外就是要我轉交給六個人的信封。

——大家過得如何呢？

——第一個見到的是沒有去事故現場，直接報警的人。她跟會做菜的丈夫過著幸福的日子。她說忘不了師丈做的蕗味噌烤飯糰。

第二個見到的是去跟老師報告有人落河的同學。他現在在東京的大證券公司上班。他要跟稱讚他做的蛋捲好吃的女性結婚了。他說從那天之後，他就能夠心懷感激地接受別人的好意了。

第三個見到的人已經結婚，有兩個小孩，目前正懷著第三胎。她雖然去了意外現場，但什麼也做不了，感到十分悔恨。當時她變得不信任老師，但她說現在她就能夠理解了。

感覺起來是一位非常重視家庭的好媽媽。

第四個見到的人現在仍舊抱著罪惡感。他覺得意外是因為自己才發生的。他雖然有喜歡的人，但好像因為自己的職業和生活方式而自卑，故意冷淡地推開那人。連我這麼遲鈍的人都感覺到了，他真的非常喜歡那位小姐吧。

第五個人……對不起，妳不想聽這種事吧。

我回想起過去半個月的經歷，不由得滔滔不絕，沒注意到她垂著眼瞼，望著玻璃杯裡的白酒。她可能瞧不起我，連我的臉都不想看到了吧。我急著要補救。

——我不是拿這件事當笑話講的。我見到那些人，反省了自己當老師的許多經歷，也認真地思考未來。思考對我而言最重要的是什麼人。

——等一等，該說對不起的是我。大場君認真地跟我說話，我卻恍神了。我不是不想聽，正好相反。我在想像他們每一個人現在的生活。請告訴我第五個人怎樣了。

——第五個人是掉進河裡的同學。我沒直接見到他。他傳了附加手記的郵件給我。老師曾說：「請連我先生的份一起努力活下去吧。」他被這句話束縛住了，一直過著痛苦的日子。然後有一天，他偶然救了想自殺的人，終於了結了這件事。現在他正常上班，正常休閒，過著滿足的人生。

六個人中最痛苦的人寄給我這樣的郵件，我非常高興。這樣老師就可以安心了吧。他跟師丈的回憶拯救了他，到頭來拯救了老師的也是師丈。老師寫給我的信裡也說，她跟師丈的婚姻生活雖然只有七年，但因為有那七年才有現在的老師。師丈雖然意外身亡，但其實當時已經病重，不久人世了。正因如此所以非常珍惜每一天。

所以我也覺得人生並不是自己一個人，而是該跟某個人一起構築的……我在接著說下去之前，為了讓氣氛熱鬧起來便先喝了一點酒，但結果還是沒說出來。

因為她在哭。她善良的心地讓我非常感動。但是……

——那次意外事件，最痛苦的應該是老師吧。

她喃喃地說。果然我只看到竹澤老師身為教師的一面。在她這麼說之前，我從來沒有想過老師您自己是如何承受這件意外的。

——老師當時懷孕了。因為跳進河裡救人而流產。

——什麼？

她應該只是聽著別人的故事而已，怎麼會知道我不知道的內情呢？她望著猶如遭到當頭棒喝的我說：

——藤井利惠。

——妳在說什麼，我不……

——第一個人是河合真穗，第二人是津田武之，第三人是根元沙織，第四人是古岡辰彌，第五人是生田良隆，對吧？我是第六個人，所以你才叫我到這裡來不是嗎？

因為她是第六個人所以我才叫她來？怎會有這種事。我驚訝地連話都說不出，只能拼命搖頭。

——那為什麼沒有跟我聯絡？

——老師給我的通訊錄上的電話打不通，我去過當時的地址，那棟房子都已經不在了。所以，嗯，就這樣而已。

老師給的通訊錄上的名字是藤井利惠，沒想到就是我的女朋友山野梨惠，我作夢也沒想到。姓跟名的漢字都不同，梨惠聽起來很像利惠，其他五個人提到利惠的時候，我只覺得有點親切感而已。

梨惠的雙親在她小六的時候離婚，她從藤井改姓山野。名字的話是因為父親名字中有利這個字，改姓的時候按照母親的意思改成梨了。平常都使用「梨惠」，但她給我看的證件上還是「利惠」。

沒法跟她聯絡上的另一個理由是古岡先生不肯告訴我。或許他比我早察覺真相也說不定，我跟古岡先生談話的時候，他「利惠、利惠」地叫著，讓我感到有點刺耳，但我完全沒想到他說的就是梨惠。我想起跟古岡先生談話的片段。

跟醫生或公務員結婚。……介紹梨惠給我認識的朋友，告訴我古岡先生聯絡地址的朋友，不是同一所高中的嗎？

我覺得利惠小姐喜歡古岡先生。……我不是這麼說了嗎？

古岡先生冷淡地推開了利惠（梨惠）小姐，她跟透過朋友認識的公務員交往。那就是我。老師在上封信裡跟我道歉的理由我也明白了。然而我最後悔的是自己的言行。

我太多嘴了。我說了古岡先生推開自己喜歡的人，梨惠一定知道就是自己，所以才陷入沉思。梨惠是喜歡我還是古岡先生呢？古岡先生說他們常常吵架。這表示她跟古岡先生在一起比較自在嗎？不過這是相處時間的差異吧。

告訴古岡先生那家店的是梨惠嗎？

越想越負面，我搖搖頭，提出不同的問題。

——竹澤老師當時懷孕了是真的嗎？沒有任何人提到這件事。

——真的。我母親當時也在縣立醫院當護士，良隆同學跟師丈被救護車送到醫院的時候，老師也在車上，那時候她已經血流不止，來不及救胎兒了。

——同一天失去了丈夫跟孩子……

——我也是從母親那裡知道師丈有病的。聽說之後我心想老師會不會後悔跳進河裡救人呢？她一定會想生下繼承丈夫血脈的孩子吧。

老師在信裡曾經好幾次自責，現在我終於明白其中的含意了。回想起那次意外，最痛苦的應該是老師才對。

既然這樣，老師為什麼要拜託我去跟那六個人見面呢？

——梨惠的事我要怎麼跟老師報告呢？

——我嗎？

——我答應老師要跟她報告六個人的情況。意外就不用提了，只要知道梨惠現在是不是幸福就好。

古岡先生說了，利惠也抱著罪惡感，但我不想用他的話來評斷梨惠現在的狀況。要是懷抱著罪惡感的話，就跟我說好了。我對那次意外很清楚，其他人的現況我也都知道。無論她說什麼，我都有自信可以承受。但是——

——就說我現在努力從事護士的工作就好。

——就這樣？跟我交往的事呢？第六個人其實是我的女朋友，要跟老師說嗎？

——……我不知道。

——我今天是決定跟梨惠提出以結婚為前提交往，才到這裡來的。不是來見藤井利惠，而是山野梨惠。見過了經歷那次意外的人，我也開始思考自己的人生跟重要的人。我想跟梨惠一起幸福地生活。

——對不起，要是在聽說意外的事之前，以山野梨惠的身分聽你這麼說，我會非常高興。但是……

——古岡先生嗎？

梨惠抱歉地微微點頭。

——跟他在一起是沒辦法幸福的。梨惠跟古岡先生懷抱的罪惡感的根源，客觀的看來其實是不用那麼介意的事。跟真穗小姐、津田先生和沙織小姐的罪惡感是同樣程度的。他們三個人都設法將對那次事故的感情昇華了，梨惠跟古岡先生為什麼還想不開？妳明白嗎？因為你們倆在一起。彼此都覺得是自己不對，不，我才不對，這樣互相你來我往，所以非但無法昇華，反而將微小的罪惡感漸漸增幅了。妳還想這樣繼續下去嗎？妳覺得這樣對古岡好嗎？

當時我覺得自己說得沒錯，慷慨激昂地對梨惠這麼說了。但現在形諸於文字，才發現這只不過是威脅。怪不得她帶著懼意望著我，默默地離開店裡。要是我什麼也不說，讓她去確認古岡先生的感情，就算同樣是失戀，我也還能得到一張好人卡，對我還有一點好感才對。

老師您知道第六個人藤井利惠小姐，就是我的女朋友山野梨惠吧。所以您才在信裡說利惠小姐會跟我聯絡。您是什麼時候知道的？要是一開始就知道的話，為什麼要拜託我這件事呢？這是老師您希望的結果嗎？

……我遷怒了。
我完全沒有責怪老師的意思。我跟梨惠就算沒有這次的事，到頭來可能還是會分手。
老師對同樣從事教職的我，傳授了當老師跟做人處事的大道理。我完成了老師交付給我的任務，這樣老師的教師生涯就可以安心畫下句點了。
請讓我能這麼想吧。
我衷心希望老師能早日康復。

受業
大場敦史敬上

附記：
老師要交給藤井利惠的信封我沒有交出去。她好像從小就希望跟母親一樣當護士。夢想既然已經實現，這樣就好了吧。

大場君如晤：

來信拜讀。你見到利惠同學了呢。

我拜託你的事讓你受到傷害，真的非常抱歉。

只不過我看你的信有一點不明白的地方，請容我確認一下。利惠同學說要跟你分手了嗎？要是大場君你只是因為利惠默默地離開，就以為她要分手的話，那我給利惠同學的信封就請你打開看看。

那是在我寫信拜託你的十天之前寄到我這裡的信。

我希望大場君在跟六人之一的利惠同學見過面後，兩人一起看這封信。

我給其他人的信封，正如真穗同學和津田同學給你看的一樣，是當初大家寫的未來夢想的作文。年末沒還給大家，就這樣保留了二十年。至於沙織同學跟良隆同學寫了什麼，那就只有他們自己明白了。

古岡同學寫的是希望大家能有近路上學，要在赤松河上搭很多的橋樑。

我雖然能讓大家寫作文，但卻不能幫大家實現夢想。我祈求我教過的學生每個人都能幸福快樂。

不只是當年捲入意外的那六個人，我也希望大場君能幸福快樂。

我的學生都是我的孩子。請讓我抱著這個念頭度過僅存的人生吧。

就此別過。

竹澤真智子草此

0

竹澤真智子老師尊鑒：

恭喜您退休。

今日是有事與老師相談，不揣冒昧提筆致函。我之前只不過每年寄張賀年卡，現在這樣可能會造成老師的困擾，但我有無論如何都想跟老師商量，請老師原諒的事。

竹澤老師，我有結婚的資格嗎？

我從小時候開始就立誓不結婚。那是因為我爸媽的關係，老師瞭解我家的狀況，應該可以理解才是。

我父親因為一點小爭執就辭去工作，每天喝得爛醉，怨懟自己倒楣，還動手打我母親。母親默默承受這一切，完全不抵抗，我覺得不可思議到了極點。

父親雖然幾乎沒有打過我，但我心想要是有人打我的話，反正也沒人會來幫忙，我非自己堅強起來不可。我不能忍受男人這種生物，在學校也一天到晚跟男生對抗。

因此我跟辰彌吵架……關於這點我就不寫了。

我認為持續跟老師道歉是我贖罪的方法。每年我都在賀年卡上寫著反省的文章。但是我進入社會之後，才發現這樣做可能反而讓老師心痛。要是為此道歉的話更會讓老師掛心，於是我就每年都寫著愉快的近況報告。

有一年賀年卡的內容突然改變，那是因為發生了一件事。我發現還有我沒注意到的事，

我母親在縣立醫院當護士，我也擔任同樣的工作，知道縣立醫院正式雇用的護士每星期一定要值兩三班夜班。但是我不記得母親有晚上不在家的時候。或許是為了要保護我不被父親傷害，所以努力避免上夜班也未可知。要是能問她本人就好了，但當我注意到這件事的時候，母親已經去世了。

這世界上有太多應該早點注意到，要不然就會太遲的事。這麼一想我最擔心的就是辰

彌。

我們是青梅竹馬，都是家裡的獨生子女，家庭環境又很類似，幾乎像是兄弟姊妹的關係，但我總是想要勝過男生，所以老把同年紀的他當弟弟對待。功課寫了嗎？這句話簡直是我的口頭禪。知道這樣傷害到他的時候，我發現這跟是男是女無關，我跟父親一樣以高高在上的態度看扁別人。我難過地哭了。

之所以會發生意外都是因為我的虛榮心。我一直懷抱著這種罪惡感。同時辰彌也一直覺得意外是他的錯，因為他邀良隆一起去對岸，因為他跟我吵架。他跟我這麼說，我就回他意外是因為我傲慢地問他作文要怎麼寫不是嗎？所以是我的錯。

我們倆都因為不想失去這道免死金牌，所以保持著若即若離的距離，一起過了這麼多年。我曾經有一段時期以為那是愛，但從沒想過要結婚。

不能放棄免死金牌。我這麼想著，一面繼續拖下去，但有一天辰彌卻突然甩了我。我以為沉浸在罪惡感裡的只有我一人，辰彌只是為了配合我露出有罪惡感的樣子而已。他已經受夠了，所以就甩了我。

被自己想甩的人甩了這個事實讓我非常震驚。老師可能會驚訝我這個人到底自尊心有多強吧。

辰彌對我說「去嫁給醫生或公務員吧。」我賭氣跟朋友說「隨便什麼人都好，介紹個公務員給我。」我在醫院看多了醫生的難看場面，私下實在不想再跟醫生見面。於是親切的友人真的介紹了公務員給我。

是一位叫做大場敦史的先生，跟我同年，在N市高中當社會科老師。

第一次見到他的時候，我……想起了師丈。我一直都不想提到那件意外，直到現在也沒跟老師說過那天真的很開心；撿落葉的野餐真的非常愉快。

師丈好溫和，我覺得跟開朗的老師非常相配。聽說便當是師丈做的，我吃了一驚。原來世界上還有這樣的男人啊。我心裡充滿了感激。甚至還想著真想跟這樣的人結婚啊。

這種事明明完全封印在腦海深處，但跟他在一起，我就慢慢地想起那天有多愉快。他分明長得不像師丈，我也從沒吃過他做的菜，真是不可思議。

他好像不管我說什麼、做什麼都會原諒我的樣子，讓我有一股衝動想把我的人生對他全盤吐露。但我覺得這樣做的話跟之前使用免死金牌沒什麼不同。

要是我跟他說，聽我說，聽我說，我的家庭環境是這樣這樣，以前發生過一場那樣的意外，善良的他就算並不喜歡我，應該也會接受吧。這未免太卑鄙了。我總覺得要是一觸及這方面的話題就會一發不可收拾，所以總說些不著邊際的話。

雖然如此，前幾天他提到「結婚」這兩個字。幸好後面還加了曖昧的詞，我雖然也跟著曖昧，但其實非常高興。

但是要結婚的話，我就得全部告訴他。結婚之後才說我覺得更卑鄙。
有沒有辦法讓他不要同情我而知道那件意外的經過呢？
話說回來，像我這種人能結婚嗎？
老師，我該怎麼辦才好呢？
我雖然沒有資格仰賴老師，但請看在我這個不成材的學生份上，就這一次讓我徵詢老師的意見吧。
這樣全部寫下來，想到老師會看我的信，就覺得應該會有辦法的。
竹澤老師，請多多保重！

山野梨惠敬上

7

竹澤老師尊前：

老師，您身體還好嗎？我和她打算在盂蘭盆節時到大阪來探望老師。

到時見。

十五年後的補習

純一先生：

這樣開頭可以嗎？大鑒什麼的太嚴肅了，「親愛的純一先生」雖然能正確表達我的心情，但形諸文字實在太不好意思了，所以就用這個稱呼——真是，因為這樣就遲疑是不行的。是我要求你跟我通信的啊。

你說希望留下兩人感情的實質回憶，我想到要這麼做是因為伯母給我看了結婚前伯父寄給她的情書。

信裡「我愛妳」自然不在話下，甚至還有「有妳的冬天比沒有妳的春天還要溫暖，妳讓我的世界鮮花綻放」這種熱情洋溢的文字。我看了都覺得不好意思，但伯母卻自傲地說「很美吧」。我真的很是羨慕。

伯母寫的信我也看了一封，她好像覺得自己寫的給別人看有點丟臉，但是文章也非常優雅。在適當的間隔使用敬語，稱呼伯父為「親愛的」，字裡行間洋溢著尊敬與愛情，我也想試著寫這樣的信給你。

雖然我有在努力，要叫「親愛的」，以及適當使用敬語，我都還在苦戰當中。

以前的人是不是比較浪漫呢。

一開始就寫出完美的信是很難的，我準備了成套的信封信紙和筆，隔絕周圍的噪音，坐在書桌前面；心情跟打簡訊時差很多，覺得這樣就好像可以表達出自己的情感。而且寫信這件事讓我重新體認到和你之間正確的時間與距離。

比方說要是現在我傳簡訊「在做什麼？」給你，要不了五分鐘你就會回傳「在睡覺」或是「在看書」。如此一來我就想聽你的聲音。我打電話給你，跟你說今天發生的大小事情，你回我我最想聽到的話。這樣一來我就想見到你。

在此之前若是現在想立刻見面，就可以搭電車到你家去，大部分時間你都會說女孩子晚上出門危險，就到我家來。沒法見面的話就說那明天見吧，週末見吧，約好了之後互道晚安，結束那一天。

但是現在就算有同樣的情況，我也見不到你了。就算約見面，也沒辦法約在幾天之內。我要兩年後才能見到你。這樣我說不定會難過地對著電話哭泣。掛了電話之後，還可能會為了發洩寂寞的心情傳感情用事的郵件給你。那樣只會讓你困擾而已。

之所以能靠手機就覺得彼此心心相印，或許是因為處於只要想見面就能見到的距離跟狀況下而已——我想像現在你難受地皺著眉頭的表情。對不起。

笑著在機場為你送行之後，坦白說我在回程的巴士上哭了。雖然如此之後我一次也沒有哭過，請放心。

我離題了。總之寫信的話，就不會立刻有所期待了吧？

而且是航空信。生平第一次的經驗，讓我雀躍不已。

文具店的店員告訴我雖然是寄到國外的信，但並非一定要用邊緣是紅藍相間的航空信封。只要在信封上用紅筆寫「Air Mail」就可以了。你知道嗎？——我想你是知道的。我也能想像你苦笑的表情。我這櫻花模樣的信封信紙，很漂亮吧？

這封信要多久才寄得到呢？一星期到十天，還是更久呢？也得考慮到你的回信寄到所需的時間。

這就是我們現在的距離與時間呢。

如此一來，就不能寫今天的細微瑣事，以及一時感情用事的文字。課長外遇被太太發現了之類的，寫這種別人的閒事是不適合的。我們距離很近的時候，我從沒想過簡訊要寫什麼，見到你要說什麼，都是當時想到什麼是什麼。

要是成人之後才認識，就可以藉此機會瞭解對方，寫些小時候或是上學時候的事，但我們從中學開始就在一起了，現在還有什麼要瞭解的嗎？

還是不要考慮因為是信所以要寫什麼特別的，就直敘我現在的心情吧。

我最想知道的是你過的好不好，以及你的新生活。

聽到你說要跟國際志工隊到P國去服務兩年時的情形到現在仍歷歷在目。你參加了說明會，通過了第一次和第二次考試，到收到合格通知為止，總共花了半年，而在這期間我完全不知道。沒發覺並不是我太遲鈍，而是你隱瞞得太好了。

你說有重要的事情要告訴我，帶我去連過生日都沒去過高級餐廳，我還以為你要給我戒指，沒想到是跟我說你要參加國際志工隊。

得知你為了達成目標所做的努力，我雖然能跟你說恭喜，但當時我花了好久才明白你在說什麼。

你從來沒說過國際合作、志工之類的話；我完全不知道你對這方面有興趣，更別提你對海外旅行都興致索然，連護照都沒有。而你竟然說出陌生的國家名字，還要到那裡去工作兩年，我完全沒有真實感。

所以是怎樣？我當時的反應大概是如此。你要跟我說什麼啊。

——就是說我們到今天為止的意思？

我冷靜地考慮之後這麼說。怎麼會這樣解釋啊。你臉上露出有點為難、有點驚訝、有點生氣的表情。跟我們在一起的這麼多年，以及之後的漫長歲月比起來，兩年算什麼呢？一下子就過去了。你這樣對我說。

如果妳還是不安的話，那我們就去登記好了。

不是結婚，而是登記。我當初的預感雖不中亦不遠矣。既然講到這個，當時我有好幾個問題沒有問你。

你為什麼想參加國際志工隊呢？為什麼瞞著我呢？還有——

你的決定是受到「那件事」的影響嗎？

果然用寫信的方式就會注意到好些事情。那已經是十五年前的事了。真的是過去的事了。

你之所以想參加國際志工隊，或許是想在三十歲前思考一下未來的人生吧。

無法跟你見面之後，我空出了好多時間。上班的時候想要悠閒休息、想要看書、想去美容院；想做的事情一大堆，但回到家自己一個人待著的時候，心想白天我想做什麼呢？茫然望著天花板，時間就過去了。

沒有必須做的事的日子非常幸福，要是能活到平均壽命的話，到現在也才過了不到一半，只守不攻的人生好像滿浪費的。你是不是也有這種感覺呢？

我覺得去料理教室上課或學英語會話應該也不錯。

啊，應該不要寫瞞著你去學就好了。然後有一天突然去找你，跟當地人用英語流利地交談，讓你大吃一驚；或是你回國之後跟你說「很想念日本菜吧？」然後讓你吃我親手做的不輸給餐廳的懷石料理，給你個驚喜。

所以你也是為了讓我驚喜所以瞞著我去考試的。

對不對？

但可惜的是，你也很清楚我不善於隱藏。所以從來沒有那樣讓你驚訝過。我的事情你無所不知，而你的事情我——究竟如何呢？到了這個地步，反而突然沒自信了。

或許這距離與時間是為了重新認識你也說不定。

無論如何，健康第一。

請保重身體，好好努力。

萬里子筆

四月五日

又，郵票錢九十日圓，比去你家的電車費還便宜！

＊

親愛的萬里子：

我從妳遲疑的稱呼開始了。

的確，如果是在日本的話，要這樣寫或許會有抗拒感。更別提要是說信的開頭就這樣稱呼吧，妳可能會覺得是在整妳。但是在燭光下寫的信，感覺不只是「親愛的」，連更陳腐的言詞都可以用。

我住的海邊小村落並沒落後到沒有電的地步。只不過上星期熱帶氣旋直撲本地，在那之後就一直停電。託了此事之福，我學會的第一個當地詞彙就是「停電」。雖然災情並不嚴重，要是在日本的話第二天應該就恢復了，但在這裡什麼時候能恢復還未可知。

到去年為止，駐紮在這個村裡的是電機隊員，好像是他們把前一個村的電線拉到這裡來的。於是這個村子裡的人似乎以為日本人都能幹這種差事，個個都來對我說「快點修好吧」，要不就問「什麼時候才修得好啊」。還有人帶著壞掉的收音機來的。

我對電機相關知識一竅不通。這麼跟他們說了，雖然有人露出失望的表情，但沒有人生氣。只笑著說「你也剛到，真辛苦你啦」，然後就回去了。也有人送食物來。其實村裡的人似乎不怎麼在意沒電。

他們雖然這樣大而化之悠閒度日，但晚上卻有禁止外出的宵禁令。我雖然無法完全理解，但目前過得很愉快。

我之所以沒有跟妳說我參加國際志工隊的考試，並非刻意保密，而是因為我自己也不確切知道為什麼。參加國際志工隊的人大家幾乎都是抱著堅決的意志去考試，但我並沒有非參加不可的打算。

其實我參加的契機可能是妳造成的。

妳記得我們約好了要去看電影，妳卻突然不能來的那天嗎？妳說同事被她先生打了，妳要帶她去律師事務所，所以不能來了。

那天我早早就從家裡出發。接到妳的電話時我正在電車上。不要在這個當口放我鴿子啊。我有點不高興。是妳說期待的大片要在首映日看的，為了配合妳我前一天晚上徹夜加班把事情辦完了。

而且又不是妳出了什麼事。

我沒勇氣自己一個人去看本來要跟妳一起看的甜蜜愛情片，但也沒有其他想看的電影，怎麼辦呢？我這麼想的時候，電車到站了。看板上貼著的海報吸引了我的視線。一個日本男性手持小黑板，在乾涸大地上的一棵大樹下教導黑人兒童。那是國際志工隊的招募海報。

我從廣告上知道有國際志工隊存在，但到底是做什麼的我並不清楚，只有挖井種樹之類的印象，所以在藍天下教書的畫面引起了我的興趣。而且黑板上寫的是數學公式。原來開發中國家的兒童是這樣上學的啊，我吃了一驚。我的偏見可能會讓妳想說「你是幹哪一行的啊」。

不管在哪裡生活，都需要數學。數數是必要的，不只是加法或減法，也可能需要乘法。五個小孩每人給兩個蘋果的話，需要幾個蘋果呢？或許會有這種場合也說不定。

但黑板上寫的是「5×0＝0」這樣的式子。不管是什麼數字乘以零就會變成零，我們在學的時候都覺得理所當然，但這對只能在受限制的環境中學習的孩子們來說也是非學不可的東西嗎？現實生活裡用得上嗎？

我一面想一面看著海報，海報下方寫著有說明會。地點就在我們本來要去的電影院對面大樓裡。日期也是當天那個時間。於是我就抱著去看看的心情參加了說明會。

那就是我走到現在的第一步。

即便如此，我希望妳不要因為我們現在的距離與時間感到寂寞，而希望自己那天沒有爽約。因為我們的確需要確定彼此心意的時間和距離。

而這偶然在那次事件的十五年後發生了。

我在說明會開始前到附近的咖啡館去消磨時間，一面想著妳。

我的朋友見過妳之後，都非常羨慕我。妳總是落後我半步，好像躲在我後面一樣走著，嬌小可愛，滿面笑容。有什麼事都跟我商量，我跟妳說的話妳也都坦然接受，真的非常惹人憐愛。

我也相信妳是打心底仰賴著我的。

要是妳那天爽約是因為別的理由的話，我就算打發時間去參加說明會，應該也不會想報名。要丟下妳兩年，我會擔心得不得了。我相信沒有我妳什麼事也辦不了。我想要一直守護妳。

但妳卻說同事被丈夫打了，妳要帶她去律師事務所。管人家的家務事，要是被她丈夫盯上了可怎麼辦。那個同事沒有可以商量的親人嗎？我擔心妳的安全。

妳有這樣的朋友，怎麼之前沒跟我商量呢。我越來越覺得不滿——然後想起了十五年前的事。

接下來我可能要稍微破壞跟妳的約定了。

中二的下學期在學校的腳踏車車棚發生的事。一樹打了康孝。好幾個人圍觀，我是其中之一。

——永田同學，為什麼不阻止他們？

有人從後面輕輕地拉我的袖子，輕聲說道。是妳。

——跟谷口同學沒關係。

我冷冷地說。妳突然擠到前面，大聲地叫道：

——快點住手！打架的人跟看熱鬧的人都是垃圾！做這種事不覺得可恥嗎？

妳望著一樹，望著康孝，望著圍觀的人，最後望向我。那時候我確定這些人之中妳最看不起的就是我。

妳可能不記得當時的事了，但跟我求救我卻不理的輕蔑感或許還留在腦海深處，所以朋友遭遇家暴沒來跟我商量吧。妳並不軟弱，也不是靠不住的人。妳勇氣十足，正義感比誰都強，我怎麼忘記了呢。我只不過救過妳一次而已。

因為這份情妳很仰慕我，但其實妳並不依賴我。

我去參加說明會，會場超過百人。沒想到有這麼多人對國際志工隊有興趣，我吃了一驚。首先是國際志工隊的概略介紹，然後是回國的隊員經驗分享，他們講述了許多幽默及動人的故事，我感覺大家都是充滿正義感的人。但他們的經驗談並不是像電視節目裡的英雄那樣熱血沸騰，也有不少充滿挫折的經歷。

但是每個人的眼神都像當初挺身而出的妳一樣。

我的眼神是什麼樣子呢？要是我有了跟這些人一樣的經驗，也會有同樣的眼神嗎？

其實那天我提早出門是為了要買戒指。我參加了認識不到一年就結婚的友人婚禮，他問我為什麼不跟女朋友結婚。我仔細思考了為什麼。我們是不是在一起太久了，完全錯過了考慮結婚的時機呢？我痛定思痛，打算以要在二十歲前成家為由，向妳求婚。

但是參加了說明會之後，我憶起妳當年的眼神。我沒有跟妳同樣的眼神，沒有資格跟妳求婚。

我想跟妳有同樣的眼神，於是填了申請書，接受筆試和面試，收到合格通知，終於有了點自信才跟妳明說。

我完全沒想到妳會以為我要分手。我驚訝之下沒有好好說明，衝口而出說要去登記。妳說願意等我，我感動地摟住妳，發誓要成為更堅強的人，守護妳一輩子。

我也曾經考慮過放棄參加，跟以往一樣繼續跟妳在一起，但是冷靜想想，只不過是參加了國際志工隊的考試，我的內在並沒有任何變化。

要是在這兩年間我能挑戰自己的極限的話，就能一輩子守護妳。

我下定決心，來到P國服務。我在這裡的工作是教村裡的小朋友數學跟理科。我該挑戰的極限是什麼，目前還在摸索中。

這裡並不是可以隨便叫妳來玩玩的地方，但我想跟妳一起眺望窗外滿天的星星。

期待與妳再會。保重。

又，早上重看一遍覺得再看的話好像寄不出去，所以就這樣封口了。信封信紙就是航空用的。決定要跟妳通信之後，我在出發前買了很多帶來。

妳的信寄到我手上花了二十天。我的信寄過去也要二十天吧。真是漫長的旅途啊。

妳的純一

（看，這種話我都寫得出來！）

四月二十五日

＊

親愛的：

（我覺得這樣稱呼比叫名字好。）

你好嗎？

停電真是辛苦啊。要是本來就沒電的地方，自然會有相應的生活方式，但本來有的東西沒有了就真的會很不方便。現在應該已經復原了吧。

對了，當地有家電製品嗎？我們怕沒有電鍋，曾經一起練習過用瓦斯爐煮飯，那邊有米賣嗎？還是以物易物？用貝殼當貨幣——對不起，我的偏見太嚴重了。但是真的難以想像。

我為了盡可能瞭解你從事的活動，訂閱了國際志工協會發行的《藍天》月刊。上星期第一本六月號寄來了。我看了之後有不少吃驚的地方——

出發前你說我們去登記吧，我逞強說「我等你兩年，請放心」，就沒有跟你去登記。但是看了《藍天》之後，發現隊員的家屬有各種方便之處。

首先是《藍天》月刊不用訂閱，在服務期間每個月免費送到家。像這樣的小事。

比較重要的是「家族訪問之旅」。可以跟前往P國的其他隊員的家人一起去P國，參觀隊員的活動。這種參觀訪問一年一次。食宿交通費用由志工隊負擔八成，非常便宜。然而問題並不在金錢。

當然能便宜地去看你再好不過，但更重要的是交通方式。

我調查了一下去你那裡的方法。要去距離村落一百公里左右的城鎮很簡單，但從那裡要去你所在的村落，好像只能包船或小型飛機前往。「家族訪問之旅」的話志工協會會包小型飛機，去過的人分享了經驗。

這麼偏僻的話，村裡有電可用反而不可思議了。大家有穿衣服吧。

根據我的調查，除了包機之外只有另外一個方法，就是直接跟漁夫交涉。我沒辦法的。「家族訪問之旅」有很多隊員的朋友和戀人詢問，但參加條件是三等親內的親屬才行，跟普通的旅行團是不一樣的。

這樣的話早知道就去登記了。我正在後悔的當兒，你的信寄到了。你收到了我寫的信，你寄的信我也收到了。那麼偏僻的地方，信寄到要花二十天呢。信是怎麼從村裡到鎮上的呢。

我興奮地打開信。

方正的字的確是你的筆跡，我有多少年沒看過你寫的字了呢？我一路回想到高中，你幫我寫過數學作業，大概那就是最後一次吧。

得知你申請參加國際志工隊，而且沒有事先告訴我的理由之後，我必須先跟你道歉。當天看電影毀約的事。毀約的原因沒有跟你商量過半次的事。

那時候的同事是由美，她結婚的時候我在婚宴上以公司同期代表的身分致過詞。我在你面前練習過好幾次的，那個由美。她嫁給學生時代社團裡的學長。每到午餐時間由美就跟我聊她先生的事。

一開始是幸福的瑣事。但大約過了半年，就變成令人聽不下去的慘狀了。由美的先生喜歡賭博跟改造車輛，花錢毫不吝惜，甚至動用到生活費和由美的存款，由美要是勸他他就破口大罵並且動手打人。她讓我看她手上和側腹的傷痕，在我面前放聲哭泣。

我跟由美說過要不要跟家人或靠得住的公司前輩商量看看，跟她提過一些建議，但她都搖頭說「沒關係」。

我跟你約好看電影的前一天晚上，由美突然到我家來。她說是從先生那裡逃出來的。她左眼又青又紫腫得好厲害。看到她的瞬間，我心想「由美會被殺」。由美說只要讓她住一晚就好，我說服她當天晚上就打電話給防家暴專線，他們介紹了律師事務所，約了第二天下午面談。

我跟由美一起離家出門的時候，才想起跟你約好的事。我拉著步履蹣跚的由美的手臂，心想怎麼穿了這麼難走的鞋子，低頭一看我穿的是為了跟你約會而特地在玄關準備好的新鞋。這才慌忙打電話給你。

對不起。我一熱中就忘了別的事的毛病你也很清楚。

這樣寫信告訴你毫無困難，為什麼當初由美的事沒跟你商量呢？在由美出現在我家之前，我雖然覺得她很可憐，但或許並不覺得事態有多嚴重。此外就是我覺得同性友人的煩惱不好對異性說，就算是你也一樣。

但要是我跟你商量就好了。

由美去家暴協會之後的第二天開始，就不跟我說話，第二個月就辭職了。我覺得是因為她先生的關係，大概兩星期前我在街上碰到由美，詢問她的近況，她說跟丈夫離婚了。都是拜妳之賜，由美忿忿地睨著我說，然後跑著離開了。

要是我跟你商量的話，你會給我什麼建議呢？你可能會覺得事到如今再來問有什麼用。但是我之所以沒有找你商量，絕對不是因為那時候的事，這點我希望你明白。

十五年前我們約好了不提那次意外，我們倆都一直遵守約定，連發生了誤會都沒注意到。我失去的片段記憶是那件事情的經過，在那之前的霸凌我記得很清楚。

我雖然不想寫，但我希望能澄清你的誤會。所以也可能要破壞約定了。

我想應該是九月十號左右，放學後一樹在腳踏車車棚毆打康孝，大概二十個同學，特別是男生，默默地圍觀。一樹是全縣的柔道重點選手，他把瘦弱的書蟲康孝打倒在地，踢他的肚子，簡直令人不忍卒睹。

我之所以跟你說話，首先是因為你站在我的腳踏車前面。然後我覺得你或許能想點什麼辦法。你跟康孝和一樹住在同一區，和他們倆交情都不錯，應該會去勸架。我覺得你是會做自己認為對的事的人。我希望你知道我是這麼想的。

然而你沒有去勸架。

當時你的眼神我覺得像是在說：搞錯的人是妳。我很難過。眼神能抵千言萬語，這話我實在難以相信。但是我還是覺得眼前的光景令人無法忍耐，所以就自己去阻止了。

現在想起來當時你的判斷或許沒錯。

你已經開始在村裡的學校教書了嗎？

「5×0＝0」，你要怎樣把這種知識教給文化跟環境都截然不同的孩子們呢？無論什麼數字乘以0都是0。我雖然知道是這樣，但乘以0到底是什麼意思老實說我並不明白。是全部都消除的意思嗎？

像我這種人的腦中或許只存在著加法跟減法。正確的事和錯誤的事。錯誤的事非糾正不可。你雖然說我很有正義感，但錯誤的事由第三者糾正並非正義。這我十五年前就知道了。

但是由美的事我還是失敗了。

我依賴你並不只是因為你把我從火場中救出來，也是因為把事情交由你判斷就不會有錯。那時候也是，我不要只憑單純的加法和減法就闖進去的話，那兩個人說不定就不會在兩個月後死掉了。

我遲疑著沒跟你去登記，是怕成為你的絆腳石。要是能不仰賴你，平安無事地度過兩年，就能跟你幸福地過下去。我這麼祈願。

所以不能中途去見你吧。

還有一件最重要的事事，我從《藍天》月刊裡看到，讓我大吃一驚。

你前往服務的P國是世界七十餘國的派遣國中，數一數二治安惡劣的國家。宵禁令是什麼？你雖然寫得很輕鬆，但應該是晚上禁止外出，要不然可能會遭到強盜襲擊吧？歸國隊員的經驗談說面試的時候會問你想被派去哪個國家。這樣的話，你為什麼自願去治安差的國家呢？

得知你想起了十五年前的事所以決定參加考試，我果然後悔自己當時多管閒事了。現在我非常擔心你的安危。你竟然決定去不知道會發生什麼事的治安惡劣的國家。

你是不是把自己逼得太緊了？

那場火災我因為是受害者，事情經過都不記得了，那樣也好，因為沒有必要記得。我一直都是這麼想的。我從來沒有想過當時的事你全都一清二楚。

十五年來因為不記得所以不提，而記得卻不提一定辛苦得多了。

光是結果的話我是知道的。但是你跟這件事有著怎樣的關連，抱著怎樣的記憶過了這十五年，我並不知道。

要是你明白我其實並沒有那麼軟弱的話，也請依靠我吧。或許我多少能支撐你。因為人這個字是——差不多是這個意思吧。我是真的想替你做點什麼。

不光只是精神上的支援。比方說：

好像有很多隊員都會收到在日本的親友寄去的日本食品包裹。隊員間稱之為「愛的聚寶盆」，會奔走相告說聚寶盆到郵局啦。好像不會寄到住的地方。這麼說來你的地址也像是郵局的信箱地址呢。

原來可以這麼做！我也志得意滿準備寄聚寶盆。訂閱了《藍天》月刊真好。日本食品果然還是梅乾、仙貝、烏龍麵、蕎麥麵的乾貨之類的，我這麼考慮著。但既然要寄，就要在箱子裡裝滿你想要的東西。有什麼要求儘管說吧。

健康最重要，安全也是。

我想和你一起眺望星空。

在下次寫信前我打算查一下星座方面的資訊。我只知道獵戶座跟北斗七星之類的。你在那裡也看得到吧？所以我打算查一下哪些星座到處都看得到。雖然不能在一起，但兩人眺望著同樣的星星，感覺還是很幸福的。

又，不久之前一個人去看電影，碰到公司喜歡嚼舌根的前輩，在那之後公司裡大家都把我當被拋棄的女人。真是有夠失禮的！

我去看的是當天原本要看的那部電影的續集，開演了我才發覺。我沒看前作，心想應該沒什麼問題吧——結果問題可大了。

滿懷愛意的萬里子上
五月十五日

（怎樣，敗給我了吧？）

*

親愛的：

妳好嗎？我很好，並沒有遭遇到什麼危險，請放心。

然後我們這裡還在停電。

我問學校的校長「什麼時候才能修好？」他回問我「日本人什麼時候來修？」看來他們沒打算自己設法。不只是用電，我最近慢慢發覺這個國家的人都以為海外來的志工就是幹這些事的。

來這個村落服務之前，我在志工協會拷貝了電機隊員的活動紀錄做為參考。我想看看裡面會不會有修理的線索，就拿出來翻閱。結果上面記載著他們教過村長辦公室電力科的兩名男性修理的方法。

第二天我立刻到村長辦公室去，問那兩人「為什麼不修理呢？」兩人都推說「忘記了。」「這樣的話志工不是白來了嗎？」我這麼一說，兩人都歪著頭，做出不明白我在說什麼的樣子。他們並不是聽不懂我說的話（我怕妳誤會），還辯解說「我們不記得有什麼關係，日本人再來不就好了嗎？」他們並不是白慚形穢，也不是懶惰，而是認為那是最有效率的方法。而他們說的也沒錯。

理科教師也是一樣吧。我不只教孩子們數學和理科，還指導村裡的老師教學和編排課程的方法，一起編寫教科書。要是能好好指導村裡的老師，我的任務就成功了，以後就不必派遣別的隊員前來。我教的時候都熱切地點頭說「記得了，沒問題」的老師們，等我回國之後會怎樣只有天曉得。搞不好會完全退回原狀也難說。

妳的話會怎樣突破這種狀況呢？我身為數學老師，也不擅長只為了生存所需的算數啊。

我想由美只是想有人聽她說話，不，她想說出來讓人聽。她想表達的是雖然丈夫虐待她，但只有她能愛這樣的丈夫。她或許是想跟第三者如此炫耀。不知她是自我陶醉，還是在精神崩潰前自然而然以這樣的方式自我防衛。但是她責怪妳完全是找錯對象了。

要是只想找人聽自己說話，就隨便哪個應聲蟲就好。她難道不知道跟妳說的話，妳會認真地想替她解決嗎？所以妳完全沒必要覺得自己失敗了。

妳的加法一點也沒錯。要是在妳敦促我的時候我過去勸架，最糟的情況就不會發生。雖然現在辯解也沒用了，但我還是想讓妳知道當時我為什麼沒有阻止他們。

被打的康孝跟打人的一樹。妳在升上二年級才跟他們同班，所以當然覺得康孝是遭遇霸凌的吧。當時圍著他們倆袖手旁觀的傢伙們可不這麼覺得。他們之所以沒有阻止一樹可能各有不同的理由。可能覺得很有趣。可能覺得要是去阻止下次就輪到自己了。

我的話是因為知道一樹毆打康孝的理由。

妳也知道我、一樹和康孝住在同一區，我們的家間隔大約一百公尺左右。從小我們三個就在一起玩，常去彼此家裡，也很清楚對方的家庭狀況。

但是上了中學大家各自發展出不同的興趣，不再因為只是家住得近就一起混了。特別是康孝跟一樹分別成為相反的室內派跟戶外派。我是介於兩者之間，我跟康孝借過推理小說，也跟一樹到空地去打過排球踢過足球。

一樹在社團活動很活躍，喜歡搞笑，常常說笑話，從一年級開始就是班上的領導人物，到了二年級地位更形重要，康孝並不喜歡這樣。

暑假結束的時候，康孝這麼對我說了。

──一樹總想靠蠻力讓人屈服呢。這未免太蠢了吧？我只告訴你一個人，我有特殊能力喔。要是有我想屈服的人，觀察他一下我就知道用甚麼話最能傷害他。我看在大家從小一起長大的份上，一直在忍耐，現在也差不多該給他一點顏色瞧瞧了。

我不知道他有多認真。甚至沒想過這種特殊能力是否存在。康孝飽覽群書，或許能跟體察書中人物心情一樣，察覺現實生活中眾人的心思吧。這傢伙會對我說什麼呢？我覺得有點不是滋味。還是不要管他的好。我並沒有替一樹辯解說他不是那樣的人，就直接離開了。

一星期以後，一樹揍了康孝。

平常大家社團活動結束的時間都不同，放學回家時並不會碰面，那天剛好是「暑假結束收心考試」的前一天，社團活動暫停，所以我們三個人一起到了腳踏車車棚。

康孝在那裡對一樹說了不該說的話。現在要我寫出來我都不願意的低俗言詞。他不是說一樹的壞話，而是愚弄了從事風化業、獨力將一樹一手帶大的母親。連身為局外人的我聽了都難受得想吐。

這算哪門子特殊能力。一樹的家庭狀況附近的居民誰都知道。什麼人都明白說這種話會傷害到一樹。而且那種話低俗不堪，所以就算跟一樹吵架，對他家有所不滿，大家也都用別的言詞抱怨，沒有人說那種話。

於是一樹揍了康孝。康孝被揍了還一面微笑一面說：

——看吧，正中要害。

一樹繼續揍他，康孝倒在地上，一樹踢他的肚子。我並非認可暴力。但要是我處於同樣的立場，應該也會這麼做。不一會兒大家就都圍過來，妳也來了。接下來的事情妳就知道了。

此事我雖然有後悔之處，但這跟我來P國服務毫無關係。

我並沒特別希望到P國來。國際志工隊的派遣國現在有大約七十個國家，但並非可以任意從中選擇要去那個國家的。

回到說明會那天。他們首先發了依需求分類的國家一覽小冊，讓大家看裡面有哪些工作是自己可以應徵的。醫療類、農業類、土木類、建築類、教育類——我翻到教育類那一頁。在高中教數學的我能應徵的是「理科教師」這一項。大約有十個國家需要理科教師。有十個選擇，其中一個就是P國。

應徵的時候一定要選工作項目，但不用選派遣國。

第一次考試是英語跟專業科目的筆試。理科教師考的是數學和理科的基礎問題，此外還要依照自己的拿手科目寫一份教學計畫案。合格之後就進入第二階段。此時大約是一個職位有八個人應徵。

第二次考試是兩種面試。主考官會問應徵國際志工隊的動機等一般問題，以及跟專業有關的問題。面試都是一次一個人單獨進行。在專業面試問我想去那個國家服務的時候，我說「哪個國家都好」。或許事先調查哪個國家的狀況，表達自己的熱誠會比較好，但其實真的是哪裡都可以。這個階段大約就篩選到一個職位有兩位候選人。

——要是農業類的話，應該有特別能發揮自己技術的氣候與土壤環境，但理科教師的話哪個國家條件都一樣。我打算等派遣國決定之後，再調查該國的教育環境跟文化宗教等等，做好萬全準備。

我如此回答了主考官的問題。收到合格通知，上面寫著派遣國是P國。告訴妳的時候我還沒有開始研究P國，根本沒想到這裡的治安有這麼差。「那是在太平洋上，叢林裡有天堂鳥的赤道國家吧。」妳不也悠閒地這麼說了嗎？我還是第一次知道有天堂鳥這種鳥呢。

我是在為期三個月的國內訓練開始後，才知道該國治安不好。

國內有兩個訓練所，一個訓練所裡聚集了派遣到三十五個不同國家的隊員。表面上看來男女比例大約是一半一半，我依照派遣國別就座之後，發現周圍都是男人。「還是男女隊員都有的派遣國比較好啊。面試的時候說哪裡都好，沒想到被派到唯一一個沒有女隊員的國家，運氣真差。」聽到隔壁的傢伙咕噥著，我問他：「是這樣嗎？」「你不知道？P

國治安太差，不能派女隊員去。」那人驚訝地回我。原來好像是小冊的背面有寫。

這樣一來妳就會覺得「為什麼出發前不告訴我呢？」我不想讓妳擔心，但我也曾經差點說溜了嘴。

出發的前一星期，我跟妳一起去旅行的時候。

——同一個村裡有沒有女隊員？

妳這種說話方式好像是我們交往十五年來第一次。情人節的時候我故意把別的女生給我的巧克力放在妳看得到的地方，妳從來也沒說過什麼，也沒露出過介意的樣子。其實我每年都滿難過的。就算知道是人情巧克力，也稍微嫉妒一下不好嗎？

所以果然兩人之間有了時間跟距離，妳也多少有點不安了吧。我雖然心中竊喜，但卻沒有逗妳的心情。

哪是同一個村落，整個Ｐ國都只有男性隊員啊。

我差點就脫口而出。

——我去的那個村隊員好像只有我一個人。當地女性自然是有的，但她們都比日本男人壯碩，還有很多人長鬍子呢。這樣妳安心了嗎？

聽我這麼說，妳把一綹髮絲繞到下巴上說「像這樣嗎？」其實完全沒有這麼可愛。電機隊員在回國的時候把電動刮鬍刀送給了住在我隔壁的房東歐巴桑，電池用完了，她就拿了我收音機用的十個三號電池去用，每天早上都滋滋作響。

順便一提，房子是水泥建築，為了抵禦熱帶氣旋，結構很堅固。家電有冰箱一台。衛浴設備是淋浴，洗手用桶子裡的水。有瓦斯爐可以煮飯。主食是芋頭。米的話去鎮上就買得到。因為是海邊的村落，市場上有各種新鮮的海鮮。貨幣的確是有的，但這個村子也可以使用貝殼！好像是因為以前當貨幣使用的貝殼這個村裡很多。我打算下次去找找這種貝殼。

妳信中提到初次得知有「家族訪問之旅」。我來這裡的時候也是搭乘志工協會的小型包機，若是有私事要外出，就跟漁夫打商量。郵件專用的船不定期會來，或許也能設法順便搭乘。

對了，如果要寄聚寶盆來的話，能寄一些三號電池嗎？日本食品的話想吃的東西說也說不完，在此地期間我想盡量入境隨俗……但能寄點咖哩塊來最好。

前幾天村民替我開了歡迎會，我想做點日本料理回請他們，日本的咖哩可是日本料理的代表！

蠟燭燒得差不多了，本想這次就此打住，但重要的事情都沒寫，我要怎麼跟妳辯解呢？

妳失去的記憶只有那次事件的經過，讓我不禁愕然。但反過來一想也是理所當然的。

因為妳只有那一天是被害者。也是唯一站在那傢伙那邊的。妳完全沒想到自己會遭遇到那種事吧。妳所謂的加法，也就是妳的正義動搖了也是理所當然的。

我不願意妳知道那天的事。

正如我之前的說明，我並不是故意要讓自己置身於危險中才來Ｐ國的。要是我對那天發生的事有罪惡感的話，也是因為在那天之前我沒有採取任何行動。要不是我袖手旁觀，妳也不會碰到那麼嚇人的事了。

我最大的希望就是妳不要再想起當時的恐懼。這十五年來我一直都是這麼希望的。若是不跟我在一起，妳或許會全部忘記，連發生過火災的事也不記得了也說不定。我曾經煩惱過，但我辦不到。要是沒有那一天，妳我或許不會心意相通。我雖然不斷跟自己說不只是這樣，但卻沒有勇氣跟妳確認。

在這兩年間，將我們聯繫在一起的不是那場火災，而是某種更強而有力的東西就好了……我雖然這麼想，但有了距離和時間，妳若是反而會更加意識到那次意外，恢復當時的記憶的話，我會立刻回來的。

這種時候不能上網不能打電話聯絡，果然讓人煩躁不安。我或許早該在我們兩人在一起的時候，打破約定跟妳說那件意外的。

等我回國我們好好談談吧。兩年很快就過去了。

妳多保重。

又，這裡看得到獵戶座。

（怎樣，很有詩意吧！）

眺望星空的純一

六月五日

*

親愛的：

你好嗎？我很好。

今天我去買了電池跟咖哩塊。因為你沒要什麼食品，我就買了你喜歡的作家的新書，以及用當地材料應該也可以做的食譜一起放進聚寶盆裡。想到你會打開這個箱子，我就心跳加速。

收音機裡能聽到什麼樣的音樂呢？以前我對外國音樂沒什麼興趣，就算你告訴我我可能也不知道，但我也試著想聽聽看。

其實從這個月開始，我加入公司的英語社團了。今年春天從總公司調來的阿部先生問我要不要參加，我煩惱了一陣子，但英語會話能力進步的話，就算不參加家庭訪問之旅，搞不好也可以自己去找你。這麼一想我就決定參加了。

我本來以為會跟學校上課一樣，結果是看沒有字幕的外國影片ＤＶＤ，看著被蟲蛀了的歌詞卡反覆聽外國歌等等，課程滿輕鬆愉快的。現在我很期待每星期兩次的上課時間。阿部先生曾經去美國留過學，我跟他借了木匠兄妹的ＣＤ當初級聽力練習，現在已經可以不看歌詞唱出副歌的部分了。

你每天都過著說英語的日子呢。出發前你說因為是偏僻的村落，當地人可能說的都是土話，結果如何呢？你雖然對外國沒興趣，但英文卻很好。因為語文是跟解謎差不多的東西，現在你已經會說當地話了吧？

我想像中你的樣子可能跟現實的你完全不一樣。當地天氣很熱，你應該曬黑了吧。頭髮是什麼樣子呢？停電不修復可能有點困難，可能的話請寄照片給我吧。

你的來信雖然內容從一開始就有點沉重，但你回答了我的問題，我還是覺得你告訴我真好。

你決定參加國際志工隊的理由、沒有告訴我的理由、國際志工隊的招募過程、派遣國的情況，在替你送行的時候我心中就充滿這些疑問，一個人之後這些疑問就慢慢像石頭一樣沉重地壓在我心頭，現在都已經煙消雲散，我感覺輕鬆愉快。

我也能想像你健康愉快地跟當地的孩子們一起生活的樣子。要是可能的話我希望你常常開懷大笑。

情人節的巧克力，我雖然擺出一副撲克臉，但其實是有點驚訝的。你竟然收到以人情巧克力來說應該不會買的名店產品。知道你對這種事情沒有概念，我還故意裝作漠不關心的樣子，是不是太壞心眼了？從高中的時候開始，你雖然不是很受歡迎（對不起！），但說你不錯的女生還真不少。你知道嗎？

沉默寡言又冷漠，太帥了！差不多是這樣。

我的朋友常常問我說，你們兩個人在一起都聊什麼啊？平常的小事。電視、電影、書、音樂、社團、很多有趣的事。但是我們從來沒有一起開懷大笑過。你沒有，我也沒有。但是我卻見過你張著嘴哈哈大笑的樣子。

中二時的球賽。拜你在排球隊表現活躍之賜，我們班優勝了。獲得決定性的一分時，你真的非常開心地笑了。

高中我當了排球隊的經理，雖然也有不跟你在一起就感到不安的因素，但我更想見到你的笑容，但是就沒有再看見你那樣笑過了。

你之所以不笑是不是從康孝被欺負開始的？

原因——是因為發生過那種事吧。

要是我處於同樣的立場，或許也不會阻止。但我不知道打架的理由，衝進去阻止了他們。因為我無法容忍暴力。我的爸媽你見過很多次，知道他們不是會動手或大聲怒罵的人。我雖然不時惹他們生氣，但他們從來沒有動過手。可以說我對暴力完全沒有免疫力。

暴力場面雖然會在電視或電影裡看到，但我一向覺得那是跟我無緣的世界。然而小學六年級的時候暴力不再跟我無緣了。我大姑姑的女兒，也就是我表姊到我家來住。表姊又漂亮又溫柔，非常疼愛我，我非常期待表姊來我們家住。當時她才剛結婚不久，為什麼會來我家住呢？我根本沒有想過這一點。

表姊來我家的那天，我以為自己看錯人了。她垂頭喪氣，兩眼無神，好像連站也站不穩的樣子。表姊怎麼了啊。帶著表姊來的姑姑並沒有在小孩面前說明事情的經緯，但我豎起耳朵偷聽大人的談話，知道表姊是躲避她先生所以來我家避難。

那個人怎麼會……真是人不可貌相。大人們這樣談論著表姊夫。結婚之前他們倆一起來我們家拜訪過，我也跟表姊夫說過話。

他是個白面書生，看起來十分和藹，臉上總是掛著微笑，連對只是小學生的我都非常客氣。

他們倆都喜歡古典音樂，兩人分別獨自去聽音樂會時剛好坐在隔壁而認識的，交往半年就要結婚。我爸媽還很高興地說，真是命中注定的佳侶啊。在大公司上班的表姊要辭掉工作雖然有點可惜，但看她幸福的樣子，我也真心為她祝福。

結婚還不到半年，怎麼就變成這個樣子了呢。

是吵架了嗎？我以為只是這樣……表姊來我家三天之後，那個人來了。表姊夫。他跟來送喜帖的時候一樣，帶著和藹的微笑站在玄關。

——我們夫妻吵嘴這種小事麻煩到您們，真是不好意思。

看他和藹的笑臉完全無法想像他們吵過架。我爸媽毅然決然地說，我們知道你的真面目了，想要把他趕走。

——請相信我。她辭了工作，突然從每天忙碌的生活中解放出來，之前累積的疲勞一口氣浮現了，讓她情緒很不穩定。之前壓抑的情緒讓她產生了我對她施暴的幻覺。她身上的傷痕是自己造成的。她的確需要休息。但是必須陪她一起度過目前難關的人是我。我不知道她和岳父岳母說了我什麼，所以拜託舅舅舅媽，請勸她跟我一起回家吧。

那人以非常誠懇的口吻說著，在我家玄關的水泥地上下跪。我爸媽請他到客廳坐，還泡茶招待他，聽他要說什麼。

——你說要一起度過難關，具體是要怎麼做？

我父親問他，他從手提包裡取出一個信封，裡面是精神科的音樂療法簡介小冊。這種療法是聽著喜歡的音樂，自己唱歌或演奏讓心情平靜下來。他說他打算跟我表姊一起參加。

雖然不知道去不去得成，但他已經買了表姊喜歡的鋼琴家的演奏會門票，演奏會是後天，他會到我們家來接她。他也把門票給我們看了。演奏曲目中有表姊喜歡的曲子，朋友在婚禮上也演奏過的。我爸媽跟我都覺得這個人是真的擔心表姊。

母親把表姊叫出來，表姊雖然嘴裡無力地說著「不要」，還是出來了。她一定是覺得我父親跟我都在，應該沒問題吧。那人抱住表姊，流著眼淚道歉說「對不起，沒有好好守護妳。」然後在表姊的腳邊跪下，哀求她「求求妳相信我，回到我身邊吧。」

表姊似乎有點畏懼、有點困惑、滿臉不知如何是好的表情。我母親說「那就去聽聽音樂會吧。」她默默地點頭。那人流著眼淚跟我爸媽道謝。

——我們從頭開始吧。

他對表姊這麼說，然後離開了。表姊雖然有點不安，但看著那人留下來的音樂會傳單，表情稍微和緩了一些。她指著喜歡的曲目，微微笑了。

我父親打電話給姑姑，她雖然好像有點為難，但父親說「只是去聽音樂會，他會來我們家接她，聽完了再送她回來，應該沒事的。」姑姑也就同意了。

當天表姊拜託我到她家去拿聽音樂會要穿的衣服，那是她來送喜帖時穿的純白洋裝。我要趁那個人去上班不在家，放學之後立刻去，在不要跟他打照面的情況下迅速把洋裝跟鞋子帶回來。表姊還拜託我拿放在珠寶盒最前面的玫瑰胸針，但我忘了。

簡單的洋裝很適合柔美的表姊，但穿去聽音樂會感覺有點樸素。表姊問起胸針我才想起忘記了，但要回去拿的話就會碰到那個人，所以就別了我母親的胸針。我覺得有點老氣，但表姊說是古典音樂，這樣穩重的感覺剛剛好。她把胸針別在洋裝前襟上。

那個人開車來接表姊，表姊就跟他去了。他說「我們吃過飯，大概十點鐘送她回來。」但結果那天表姊並沒有回來。我們覺得他們應該是和好了。

這麼寫下來，自己都覺得我們這種解釋真是太過天真。但是，那時還沒有可以隨時聯絡的手機，而且家庭暴力並不像現在這樣受重視，大家都以為只有看起來暴躁的人才會動手。

過了一星期之後我才再看到表姊。姑姑擔心表姊，到她家去看她，表姊渾身傷痕累累。她的精神比以前更差，那個人雖然離家上班，她也無力逃走或求救。

我跟爸媽一起去醫院，表姊連臉上都又青又紫，眼睛腫成一條縫。她看見我們，一瞬間抖了一下，淚水從腫得睜不開的眼睛裡決堤而出。母親拿出手帕，她撲到我母親胸前，喃喃說著「不要、不要」，痛哭失聲。

——胸針、胸針……

表姊一面哭一面這麼說。姑姑望著她，憤恨地說：

——那人看見她穿著他買的洋裝，卻沒有配著他送的禮物，而別了一個不知哪來的胸針，就大聲怒吼說是哪個男人給妳的！是在耍我嗎！就動手打她。

那好像是去音樂會之前發生的。他在車上看到胸針，就把車停在路邊責問表姊。剛才我已經說明過，胸針是我母親還沒結婚的時候自己買的舊物，式樣古老，也並不貴重，怎麼看也不像男人送的禮物。表姊也說是舅媽借給我的，但那個人根本不聽。

暴力的原因是那人異常的嫉妒。他成天疑神疑鬼，完全不聽表姊解釋就動手。當天那人根本沒帶表姊去聽音樂會，直接開車回家，把她打到暈過去為止。

我在對表姊跟姑姑低頭道歉的爸媽旁邊哭著垂下頭。沒有拿胸針是我的錯。對不起這三個字梗在喉間，吐不出口。我在心裡不停地說著「對不起」。

這前言也未免太長了一點。

被一樹毆打的康孝在我眼中跟表姊的身影重疊了。我好害怕。雖然跟你求援，但你拒絕了。然而我沒法視而不見。表姊在離婚之後仍舊情緒不穩定，無法外出。這可不是覺得害怕的時候。

我衝進去，大聲把當時腦中的話說了出來，其實我不記得自己說了什麼（從你信裡我才知道原來我說了那些話）。我怒瞪著一樹。我可能是把一樹當成那個人了。我跟自己說我做的事沒有錯，害怕的感覺也消失無蹤。

被女孩子打斷一樹可能吃了一驚，當天就默默離開了。但從第二天開始，班上所有的男生都開始欺負康孝。動手的只有一樹，大家都視若無睹，可能有人覺得這算不上欺負，但對我而言，看到有人在旁邊被打得頭破血流，袖手旁觀的人也是共犯。

一般來說女孩子比較喜歡耍心機，但在這件事情上女生反而比較好。在教室後面或走廊上看見一樹打康孝，有人會忍不住哭出來，也有人去跟班導報告。

但是班導是個大學剛畢業的菜鳥，只會笑著說男生打架難免嘛，越打感情越好，完全幫不上忙。而且班導絕對不會在休息時間或放學後到教室來。

所以大家才來找我吧。我一開始只是看不慣有人被欺負，漸漸演變成看到的人會來跟我說。體育館後面、屋頂、河邊、以及鎮外一家已經關門的木料店的堆棧場。

不管是在校內還是校外，我都會立刻趕去。一樹從來沒有對我大聲或是動手，但有一次他在離開的時候威脅說：「妳要是再妨礙我，就給妳好看。」因為周圍還有其他同學，我逞強說「誰怕誰啊」。但其實我嚇得要命。

我真的打算不管了。但是被逼得走投無路的應該是康孝吧。這是自然。或許被打是康孝自找的，或許是因為他傷害了一樹。一樹不斷欺侮康孝，整個人好像都變了。即便如此，我仍舊無法認可暴力。暴力不止傷害了康孝的身體，也一定在他心裡留下了傷痕。

然後那件事發生了。十一月十日。

傍晚康孝把我和一樹關在木料店堆棧場的舊倉庫裡，然後放了火。你雖然救了我，但一樹卻沒有得救。當天晚上康孝從學校屋頂上跳下來自殺了。

我醒來的時候是在醫院的病床上。爸媽告訴我發生了什麼事，但我連自己在現場都記不起來。我的記憶只到學校腳踏車停車棚為止。腳踏車的籃子裡有一封信……我大概看了之後就去鎮外了。

你把我從火場裡救了出來。但是一樹沒有得救。一樹是你朋友，你卻先救了我。

人家說你很酷、面無表情的時候，我都想起是我讓你喪失了笑容。每次有人那麼說，那天我一定會搔你癢。你笑著躲來躲去，然後一定會問「有什麼不高興的事嗎？」

這句話或許應該是我跟你說的才對。就算如此，你也不要回我我每次回你的那句話。

——嗯，沒事。

不可以用這句話把那麼多痛苦的事一筆勾消。乘以0就是這樣吧。我想看星星，把窗簾拉開發現天亮了。已經七點了！再過一小時就得去上班！

那裡跟日本的時差是三小時？現在是早上八點，你已經去學校了吧。

希望你今天過得非常愉快。

保重身體。

萬里子筆

又，天堂鳥的郵票太美了。我有好多想跟你一起看的東西，一起做的事。

六月二十五日

（我投降了。）

＊

親愛的：

妳好嗎？

我也很好——雖然想這樣寫，但要解釋為何一個月都沒有回妳的信，非得說實話不可。其實我得了瘧疾。日本人可能不太清楚，這是被蚊子咬了之後傳染的疾病，會發高燒。我發燒躺在床上的時候都在想著妳。

或許已經到了不得不跟妳說明那件事的時候了。

妳阻止康孝被欺負，我一直覺得是因為妳富有正義感而且堅強。那次事件是軟弱的人彼此傷害造成的悲劇，我認為妳完全不必介意。

但是我不希望妳想起身陷火場的恐懼，只是這樣而已。

但是現在我知道妳之所以挺身而出，是因為抱著對表姊的罪惡感，我想像妳每次出面干涉時抱著怎樣的心情，就覺得自己一直作壁上觀真是太丟臉了。我現在才發現之所以跟自己說康孝被一樹打是活該，是因為沒有前去阻止的勇氣。

或許我是用救了妳這一件事抵銷了當時所有的罪惡感也說不定。就像乘以一個大大的0一樣。要是妳肯接納我的罪，我想把當天的事情寫下來。

康孝侮辱了一樹的母親。他母親有很多情人，用他們給的錢養育一樹。你所有的一切都是你媽賣屄換來的。那輛腳踏車也是。

一樹在腳踏車停車棚揍了康孝。妳出面制止。一樹離開之後，我跟康孝說要他跟一樹道歉。打人是一樹不對，但原因在你自己。但是康孝只皮笑肉不笑地說：

——被打了我就知道啦。那傢伙果然讓人看不起。

在那之後一樹就常常揍康孝。在不知情的人看來，或許都是康孝單方面被欺侮。他毫不抵抗，連鼻血也不擦。但每次先攻擊的都是康孝。他會在擦身而過的時候小聲地說刺激一樹的話。我跟一樹說過，不要理他說什麼就好。但中學男生沒辦法假裝沒聽見那種話吧。

我還從別的管道聽說了一樹母親的流言。是包括我母親在內的鄰居媽媽街坊聚會。然後有一天我聽到了出乎意料的事。揮霍財產供養一樹媽媽的是康孝的父親。康孝的爸媽馬上要離婚了。

他們因為父母的緣故互相傷害。我能做什麼呢？我什麼也想不出來，時間就這樣過了。一樹已經到達忍耐的極限了吧。他雖然用厭惡的眼神看著妳，但以前總是默默離開，這次卻在大家面前說了威脅妳的話。我本應該幫他的，但我只抓住他，說要是對妳動手的話決饒不了他。

同時康孝也到達了極限。

妳的腳踏車籃子裡的信是康孝寫的。信放在妳制服裙子口袋裡，妳母親讓我看了。

——我要跟一樹和解。自己一人有點不安，希望妳來見證。傍晚六點請到木材堆棧場的倉庫。

信上是這麼寫的。妳沒有回家，穿著制服就去木材堆棧場。那裡是我、一樹跟康孝住的地區，跟妳家相反方向。我在家門口看見妳騎著腳踏車往堆棧場去了。我心想他們又打架了嗎？反正我去也沒用，就沒有跟上妳。

但是我想至少可以看妳回來，就在家門口等。過了一小時妳也沒出現。妳回家一定會經過這裡的。就在那時我發現了一件重要的事。以前妳去勸架都有人陪伴，但今天是自己一個人。

我去了堆棧場，找妳、一樹和康孝。到了那裡我聞到一股煙味，是從倉庫的方向傳來的。我跑過去，看見煙從倉庫的窗口飄出來。妳的腳踏車停在倉庫前面。我跑到門口，門竟然上了門。我心想不會吧。

我拉開門閂打開門，火焰就冒了出來。我在煙霧和熱氣中看見妳倒在地上。我不顧一切衝進去，把妳抱出來以後，倉庫裡堆著的木材轟然倒下，堵住了門口。我抱著妳拼命跑，到了最近的人家，說堆棧場起火了，請他們叫救護車。倉庫的火勢蔓延到外面的木材，演變成近年來少見的大規模火災。附近的居民都圍觀消防隊救火。火勢撲滅後已經過了午夜，一樹的遺體在起火的倉庫中發現。外表已經無法辨識，但一定是一樹，因為我在圍觀的人群中看到了康孝。

康孝和我四目相接，然後就逃跑了。那是我最後一次看見活著的他。

第二天早上，第一個到學校的教務主任發現了從校舍屋頂跳下來的康孝屍體。雖然沒有遺書，但從妳裙子口袋裡的信可以得知是康孝把妳跟一樹叫到倉庫去的。筆跡也是他的沒錯，我跟警察說了煙從倉庫裡冒出、門從外面上了門，以及把妳救出來的情況。

康孝大概是要嚇唬妳和一樹，所以把你們關在倉庫裡，然後放了火。不只是一樹，連妳也叫了來，可能是因為在大家面前被女生保護感到丟臉。他絕對不是想殺了你們。大概是要你們跟他求饒，求他放你們出來。但是陳舊的木材比想像中燒得要快，他嚇得逃跑了。然後知道自己害死了一樹，於是跳樓自殺。

這全都是臆測。但是我們已經無法得知真相了。就算妳恢復了記憶，應該也沒法知道肇事的康孝到底做了些什麼吧。

我在火災現場並沒做二選一的抉擇。救出倒在門口附近的妳就竭盡了全力。我完全沒注意到一樹在裡面，就算一樹倒在門口，我也沒自信能在火焰中把壯碩的他救出來。

這樣妳明白了嗎？那次事件妳完全不需有任何罪惡感。

我也是，雖然不能說毫無悔恨，但不管怎樣悔恨他們都回不來了。一定要歸咎的話，就是大人們的錯吧。一樹母親跟康孝父親的流言有多少真實性完全不知道。但是大人世界的齟齬導致了孩子們的悲劇是事實。

我想設法拯救成為大人犧牲品的孩子們。分明是抱著這種心情當了老師，過了七年庸庸碌碌的生活，早已將初衷拋在腦後。在日本時的我是跟那時的班導沒啥差別的老師吧。

我看起來面無表情只是因為不太會笑而已。球賽的時候妳看見笑容算是奇蹟。我從小就被說是冷淡的小孩，所以一定是這樣的。我讓爸媽把以前的相簿寄給妳看的話就可以證明了。

我並不討厭妳突然來搔我癢。我抓著妳的手說「有什麼不高興的事嗎？」妳總是回答「嗯，沒事。」我覺得妳非常可愛。

0到底是什麼呢。

我好像是把本地的學校看扁了。我教的學生相當於日本中學的程度，他們使用的教科書跟我們使用的並無多大不同。無論什麼數字乘以0都是0，他們也都理所當然地知道。

雖然如此，若是要教他們的話，我該出什麼例題呢？我發著高燒時這麼想著，妳卻突然走進屋裡。竟然會出現這種幻覺，由此可見我病得很重。

我看見妳全裸。要是在我家的話當然再歡迎不過，但這裡是醫院。好歹穿件內褲吧。我這麼說了，妳只面露微笑。我正想著這是怎麼回事，門又開了，進來的又是全裸的妳。就說穿件內褲啊，但光溜溜的妳又接著進來了。

就在此時我靈光一現。

妳沒穿衣服。內褲的數目為0。要是有一百個妳，內褲有多少件呢。答案是0。真是，我寫的是什麼蠢話啊。但是就是如此。乘以0的意思並非把原有的東西消除，而是本來就沒有的東西無論聚集了多少，仍舊是沒有。

那次事件妳並沒有錯。無論如何調查事實，妳沒錯這件事也不會改變。要是妳願意認可這一點，我也想相信自己沒錯。0＋0也仍舊是0。

這樣我們倆可以朝新的1邁進了吧。1變成2，變成3，變成4的話就很幸福了。我不是指內褲的數目，別生氣。

多謝妳寄來的聚寶盆。

郵件寄到的消息在村裡傳開，我躺在村中診所的病床上，房東歐巴桑問了好幾次說你的箱子要怎麼辦，我就說送妳一盒咖哩塊，妳幫我打開拿來吧。第二天她就帶著做好的咖哩到病房來了。

咖哩的做法好像是電機隊員教她的，但她使用的份量不對，味道淡得很。而且配的不是米飯而是芋頭。我說謝謝妳，但我吃不下。偶爾經過病房門口的護士很高興地走進來，津津有味地吃了，鬍子上都沾了咖哩呢。

兩人離開之後我在心裡嘆了一口氣，閉上眼睛。妳又浮現在我面前。這次穿著圍裙。真可惜，圍裙下面有穿衣服。

我有置身於日本的錯覺。

放假的時候在妳家睡到中午，聞到咖哩的味道睜開眼睛，妳穿著圍裙，攪拌鍋中咖哩。我喜歡悠閒地望著妳的樣子。

發著高燒神經緊繃，又聞到咖哩的味道，所以想起妳了。我稍微哭了一下。咖哩的味道讓我想家。好像可以賦一首小詩。可惜我沒這種文采。

電力還沒恢復，就這樣在大自然中生活，我好像從嗅覺開始，五官都會變得靈敏了。總之我希望視力不要惡化才好。

英語會話要加油喔。

這裡的收音機不知怎地常常放ＡＢＢＡ的歌。特別是「Dancing Queen」。為什麼現在還放這種歌？反正很容易聆聽，妳不妨當聽力練習聽聽看。

明天我就回去工作了。妳現在在睡覺嗎？我也很想念妳很差的睡相。

保重身體。

純一

八月十五日

又，寄貝殼給妳。據說這是一串香蕉的價錢。

（我也江郎才盡了。）

＊

親愛的：

瘧疾！

你說得好像只是發發燒這麼輕鬆，其實是很嚴重的病吧。竟然有這種潛在的危險。就算我趕去應該也幫不上什麼忙，但我現在就想插翅飛到你身邊。束手無策真是太難受了。

我因為遲遲沒有接到你的來信而煩躁不安，真是丟臉。

我生活在得天獨厚的環境裡，連病都難得生一場，真該好好反省。我想告訴英語會話社團的人世界上還有這種社會存在。

八月初英語社團的六個人一起去郊遊烤肉。阿部先生卯起來買了烤肉用具，但男生們連桌子都架不好，火都生不起來。我房間裡的家具、電線的配置都是你做的，我以為男人都擅長這個，原來很多人不是這樣。

我再度對你充滿感謝與尊敬。

我忍著不爽分派女生們的任務，男生們則幫忙切蔬菜。連這也做不好。到底是為什麼想要烤肉啊，我真是想不通。一起參加的女生中有人因為有看中的男生，所以很期待今天郊遊，她都說出「看來要重新考慮了」這種話呢。

我不是準備食材，而是負責烤肉，一直烤個不停。吃的時候男生一直說被蚊子咬了、好熱啊，抱怨個不停。雖然如此，吃飽之後又說戶外真好啊~完全搞不懂他們是怎麼回事。阿部先生說下次去露營吧，但夏天的戶外之旅就到此為止了。

要是不想被蚊子咬，就去度假旅館啊。

對不起，你大病初癒，我就跟你抱怨個不停。

但是我的英語會話有進步喔。

謝謝你告訴我那天的事。我雖然知道你把我從起火的倉庫中救出來，但不知道你是因為擔心所以來找我的。要是沒有你，我的人生真的就在那天結束了吧。

聚寶盆平安寄到太好了。因為你喜歡咖哩所以我常常做，但自從你去P國之後，我一次也沒做過。本想很久沒做了來做一次，但回過頭你不在，只會覺得寂寞吧。

嗅覺是有記憶的呢。

真是不可思議，烤肉的時候我毫不在意地生了火。那件事之後的第二年發生了阪神・淡路大地震，常常聽人提起精神創傷這個詞；但我看見紅通通的火焰，聽到劈啪的聲音，聞到煙味，也完全想不起當時的情形。

喪失記憶是否是我的救贖呢。還是你救了我，一直待在我身邊，摒除了我的恐懼呢？無論是什麼，我再度覺得能這樣正常的生活非常幸福。

今日一直再度呢。

雖然有人私下說康孝跟一樹自作自受，但我不這麼覺得。怎麼能這麼想去世的人呢。雖然事件以最惡劣的結果落幕，我並不覺得那兩人除此之外無路可走。

要是一樹收到的是跟我同樣的信，而他去了倉庫就表示他有意跟康孝和解。要是火沒有燒起來的話——為什麼康孝要放火呢？

更重要的是，他是怎麼放火的？

倉庫是大約五坪大的組合屋，只有一個門。外面上了門閂。此外就是高處有一扇毛玻璃窗戶。倉庫裡起火的話，就是康孝把點了火的紙還是什麼的從窗戶丟進來吧。但是康孝的身高應該伸手也搆不著窗戶才對。或許在外面找了東西墊腳。他是事先計畫好要放火的嗎？你雖然推測他是要嚇嚇我們，但倉庫裡雜亂地堆著乾燥的木材，地上也堆積著木屑，就算是中學生也知道一點火星就可以燒起來吧。

要是只是想嚇嚇人，火勢變大就可以逃出來的話，就會把門閂拉開不是嗎？之前計畫好一切的人會這樣驚慌失措嗎？我印象中康孝是能冷靜判斷情勢的人。

康孝是想殺了我跟一樹嗎？

我或許的確在大家面前讓康孝丟臉了。我從沒想過我出面干涉康孝是怎麼想的。可能是因為我並不特別在乎康孝，只是想阻止眼前的暴力行為，想驅散對表姊的罪惡感，只憑著這種感覺行動。但是這有糟到會讓他想殺我嗎？他完全不反抗一樹，突然之間卻想燒死他，除此之外沒有什麼別的解釋嗎？

他計畫好要殺了我和一樹，自己也自殺嗎？大人之間問題小孩獲許無法解決，但康孝會覺得大家一起死了就能解決嗎？

放火的真的是康孝嗎？

把我跟一樹關起來的或許是康孝，但放火的，不，造成火災的，會不會是因為一樹抽菸呢？我不知道一樹抽不抽菸，但不知怎地我覺得那可能是原因——這也是嗅覺的記憶嗎？

我周圍的人，包括你在內，都沒有人抽菸。但阿部先生抽菸。雖然我沒有親眼見到過，但我跟他借的書上有煙味，我問他的時候他說因為抽得很兇，所以不在別人面前抽。我從阿部先生手中接過書本的時候，突然想起了一樹。

那時候心想為什麼突然想起了一樹，真是不可思議。阿部先生無論外表或個性都跟一樹完全不像。但我也沒深入去想。

我一面寫這封信，一面覺得那個時候我突然想起一樹，可能是潛意識中感覺到一樹有煙味也說不定，然後覺得那可能是起火的原因。

我看了你的信，為了整理煩躁不安的心情，所以想到什麼就寫什麼。沒能好好地表達真是對不起。

其實現在寫的事情我想直接問你。你是怎麼想的？要是你的話，或許可以一句話就解決。

但是就算不能立刻獲得答案，這封信也會寄到你手上，你會回信給我的話，我想稍微整理一下我現在的思緒。請陪著我。

一樹在倉庫裡抽菸所以引發火災的話——滿難想像抽菸的時候起火，所以原因可能是菸蒂吧。

這樣的話我跟一樹採取了什麼行動呢？

我們有發現被關在倉庫裡嗎？要是發現了的話，應該會設法逃出去。但是也有可能沒發現，兩個人一起等康孝。然後一樹抽菸，把菸蒂扔在地上，點燃了木屑。要是立刻發現的話，或許可以在火勢蔓延前撲滅；可能等發現時已經來不及了。

如此一來我們一定會設法逃出。但是門打不開。唯一通往外面的只有窗戶。但是我的身高伸手搆不著窗戶，一樹雖然很健壯，但也只比我高一點，八成也搆不到。

我不記得那天到底發生了什麼事，但倉庫一直都是那樣沒人管，據我記憶所及裡面有很多木材，但好像沒有可以拿來墊腳的。

這樣的話就一個人爬到另一個人背上，從窗戶出去拉開門閂。

光憑想像好像總有辦法。

現實卻是我跟一樹都倒在倉庫中，昏倒是因為吸入煙霧吧。那時候康孝在哪裡呢？

要是一直無法得知真相的話，我不想認為火是康孝放的。就是因為他沒有放火，而因為他把我們關在裡面，引發了想像不到的大災難，害死了從小一起長大的朋友，所以因為罪惡感而自殺，你不覺得這樣比較像康孝嗎？

康孝之所以把我跟一樹關起來，可能是以為我可以說服一樹。每次我干涉的時候一樹都好像逃走一樣離開了，我從來沒跟他好好談過。

談過之後或許可以和解也未可知。

這樣解釋不行嗎？

那一天，康孝跟一樹都沒有惡意。

無論什麼數字乘以0都是0。沒有的東西聚集多少仍舊是沒有。啊，原來是這樣啊。

但是我覺得你舉的例子有點那個。是轉性了嗎？應該是真的燒得神智不清了吧。

雖然這麼說，我想到你的時候你可都穿著衣服吧？你的面容。球賽的時候那笑容是奇蹟的話，平常的苦笑我也喜歡。但是我最喜歡的是突然轉過頭，跟你四目相對時你的表情。不是一直凝視著我，而是從遠處眺望般的表情。你一直都在守護我，讓人安心的表情。

還有你左手燒傷的痕跡。從火場把我救出來時的傷痕。我卻毫髮無傷。對不起。每次這樣你就會抱著我說：「妳沒事就好」——

我分明沒有發燒，所以還是就此打住。

我稍微查了一下瘧疾，好像罹患過一次也並不能夠免疫呢。

請多多小心身體。

我想拿著貝殼去買香蕉。

又，關於星座，除了獵戶座之外，同樣能看見的還很不少。浪漫星座的象徵呢？這裡看不到南十字星，真是可惜。

萬里子筆

九月五日

*

親愛的：

妳好嗎？我的瘧疾已經完全好了，請放心。

工作也算上了軌道，有餘力在放學後教學生們打排球了。這個國家的學校沒有體育課。連妳不會的「扶地挺身」都不知道是什麼。當然也沒有社團活動。這對學生時代都泡在社團裡的我來說真是難以想像。

學生們一開始也都只是玩玩而已，慢慢就認真起來。他們本來體能就很好，力氣又大，鍛鍊一下應該能成為好選手。

我好像比教數學還認真，得稍微克制一下。

妳也擴展了活動範圍，我覺得很不錯，但有件事我有點介意。那個英語會話社團的阿部先生，他好像對妳有意思吧。妳可能完全沒感覺到。

就算這樣，我又能怎麼辦。

我並不是沒想過我不在的這兩年間，會有別的男人接近妳。但是妳說不會理那種人，我也有自信。但是妳要是沒察覺人家對妳有意思，也就不會有所警覺吧。或許這樣反而被動地鼓勵了人家。這樣一來就算告白被拒絕，人家可能也不肯甘休。所以跟妳裝熟套近乎的人，不管他們的意圖為何，妳都要保持距離才好。這個阿部先生已經是要注意的人物了。

唉。我大大嘆了一口氣。我這是在寫什麼啊。

妳的計畫是我們要好好保存彼此的信，當成兩人的紀念品。但是寫這種東西的話，想到重讀的那一天就憂鬱起來了。還是我能微笑想著當時真年輕啊～

其實，上回的信寄出之後，是不是不該寫那天的事啊，我後悔了一下子。但是看了妳的信，我覺得寫了還是沒錯。

我一心以為放火的是康孝。妳的疑問我雖然也有，但我想不出其他的起火原因，而我分明知道一樹有抽菸。

一樹從小學高年級的時候就開始抽菸了。他也叫我抽過，我試了一根嗆得要命，就再也不抽了。那時候康孝也在，跟一樹一起抽得很高興。上了中學之後，兩人都對我說怎麼你每天都在長高啊，我驕傲地說因為我不抽菸。這可能是我第一次想起我們三個感情還很好的時候。我想認為火災的原因是一樹抽菸。那天康孝跟一樹都沒有惡意。

多虧了妳，我的心靈也獲得了救贖。

還有，這是好事成雙嗎？村裡的電力終於恢復了。但是電話線好像還要花點時間。沒法聽到妳的聲音，跟妳寫電郵，真是遺憾。但終於可以喝冷飲了，謝天謝地。之前因為食物不能保存，所以都只做要每餐吃的份量，真的很麻煩。現在終於可以一次多做一點了。晚上也可以看書了，我深深感受到有電可用真好。

妳寄來的書我也全看了。在日本的時候只要看過的話，除非非常好看，就不會再看第二次。但在這裡懷念日本的方塊字，反覆看了好多遍。以前覺得有趣的娛樂小說看過一次就可以了，重看也不會有什麼不同。但現在重看會有新發現，對書中人物的觀感不同，因此讀後感也會改變。作者發揮玩心的部分之前可能也沒有注意到。

我有時一面看一面在腦中變換成英文，這才發現日文真是表現力豐富又深奧的語文啊。

從第一人稱就看得出來。私、僕、俺①，翻成英文都是「I」。我突然想到，以前我都自稱「俺」，為什麼寫信就自稱「僕」呢？我也沒叫過妳「君」②或「親愛的」。是不是學了伯父伯母的情書呢？在信裡叫妳親愛的讓我心裡非常舒坦。

說實話，妳說要寫信的時候，我心想電郵不就好了嗎？我的字醜得要命。雖然我的工作得在大家面前寫字，但從來沒被稱讚過。我本來是想就用電郵吧，寫信的話半年一次好了。但是我才到任就停電，要跟妳說話只能寫信。

而現在就算電話修好，我也會極力避免電郵，繼續享受跟妳書信往返之樂。電郵的話就不會用「親愛的」③了吧。我第一次知道只有書信才有的表現方式。此外，不知道有多少年沒有想不出漢字怎麼寫而翻字典了。都用平假名當然也可以，妳好像會這麼說，但嚴肅的話題全部都用平假名的話，令人擔心會不會語意不清無法傳達。不，

①均為日文不同的第一人稱。
②日文第二人稱的一種。
③此處的第二人稱日文漢字應為「貴方」。

其實更單純的理由是不希望妳以為我是笨蛋不會寫漢字。只是這樣而已。

來到這裡之後，我感覺與妳更親近了。我眼中所見的一切，或許都是透過我心中的妳所見的。所以無論什麼看起來都閃閃發光——請別忘了今天不是憑著燭光寫信，而是電燈。

保重。

又，南十字星……要是跟妳一起看的話應該會很感動吧。可以跟妳互相說好像珠寶盒一樣喔~一個人看的話，嗯，不知怎麼說才好。

（是不是有點太過火了？）

將南方島嶼的珠寶盒獻給妳的純一

九月二十五日

阿純：

＊

阿純，救我。

晚上那天發生的事一直在我腦中打轉……

放在腳踏車籃子裡的信。

康孝工整的字寫著要跟一樹和解。

我騎腳踏車去堆棧場的途中，看到了阿純。

我想說阿純的家在這裡。

我騎車進入堆棧場，在倉庫前停下。

開門走進去，一樹在裡面。

他坐在橫倒在地上的木材上抽菸。

他把菸蒂扔在髒兮兮的地上踩熄，問說「妳怎麼來了？」

我把信給他看。
一樹嘖了一聲，給我看他收到的信。
我知道你跟你母親不一樣，我想為之前的惡言道歉。
上面寫的大概是這樣。
我們倆一起等康孝。
我坐在門旁邊的木材上。
我們都沒有說話。
因為我還是覺得一樹很可怕。
約好的時間過了三十分鐘，康孝還是沒有來。
太陽下山了，倉庫裡也變暗了。
搞什麼鬼，一樹說著站起來。
他打算回去了。
他用力推門，但門只微微動了一下，並沒有打開。
他用力搖晃門，門還是沒有開。
他說我們被關了。
我也用力推門，但是推不開。

開什麼玩笑，康孝！一樹怒吼著踢門。

我好害怕。

一樹拿出菸開始抽。

正義的代表不阻止我抽菸啊。

一樹對我說。

我不覺得是好事，但不會傷害到別人。

這麼一說一樹就把菸往地上一扔，抓住我的肩膀。

我怕得縮了一下，一樹突然放開我說：

喂，從那邊出去吧。

他指著窗戶。

我心想搆不著啊，要怎麼出去。

一樹趴在窗下說：

門不是用鑰匙鎖住的，應該是外面拉上門閂吧。妳從這裡出去把門打開。

我照一樹所說，脫了鞋子爬到他背上。

把手往上伸也只勉強搆到窗框。

窗子打開了……但是出不去。

因為我不會引體向上。

雖然可以摸到窗框，但沒辦法把身體撐上去。

可能我當踏腳台比較好吧。

我從一樹背上下來這麼說。他說我撐不住他，然後要我騎在他肩膀上。

我沒法說我穿裙子不想騎。

我騎在他肩上，用手攀住窗框，移動一隻腳，突然失去了平衡……應該是摔在地上撞倒頭昏過去了吧。

以上是到前天晚上為止想起來的部分。

恢復記憶雖然很可怕，但我把想起來的部分跟你的信對照，心想啊，原來如此。

今天我也想著阿純閉上眼睛。

睜開眼睛的時候我躺在倉庫的地上。

在朦朧的黑暗中，好像看見了某人的背影。

我以為是一樹，但比較高……一隻手上拿著沾了血的木材。

一樹倒在那人腳邊。

一樹渙散的眼神望著這裡，我又開始意識不清了。

阿純，救我、救我、救我。

我看見的到底是什麼？
我該怎麼辦才好？
我希望你告訴我這只是惡夢。
求求你，阿純。

萬里子

*

致萬里子：

這應該是我寫給妳的最後一封信了。

妳看見的並不是夢。那天妳看到了真相。

我知道這一天總會到來。每次妳在信裡詢問那次事件，我都煩惱應該如何回答。

是該說實話呢，還是該說謊呢？我沒有說實話的勇氣。既然如此就說謊，那是百分之百的謊言，還是百分之五十的事實和百分之五十的謊言，或者是百分之九十的事實跟百分之十的謊言呢。

妳雖然失去了記憶，但一直到高中畢業都住在那裡，表面上的事實應該多少有所耳聞。要是全部說謊的話應該一下子就穿幫了吧。所以我摻雜了些許謊言。

我也憎恨一樹。理由跟康孝相同。我父親也迷上了一樹的母親。現在雖然知道因此憎恨一樹是不對的，但對當時的我來說這樣的理由絕對就足夠了。而且抱著同樣心情，恨意還更深的康孝就在身旁，我要怎樣發覺這是不對的呢？

對一樹的恨意隨著他動手打康孝而越來越深。妳可能會覺得那這樣的話就阻止他們啊。但我也並沒有維護康孝的意思。反而是默然看著漸漸被大家輕蔑的一樹，感覺挺爽的。每次妳去阻止，他就忿忿地離開，我總是對著他的背影說「活該」。

那天我看見妳前往堆棧場是事實。妳的記憶並沒錯。我擔心妳在家門口等也是事實。我信裡並不是滿紙謊言。過了一小時妳還沒回來，我也去了堆棧場。我看見妳的腳踏車停在倉庫旁邊，倉庫的門上了閂。

我以為是妳和康孝被關在裡面。我開門進去，妳倒在門口附近，一樹站在窗下。我問他妳怎麼了，他說「從窗口跌下來了」。但是他並不擔心妳，反而在生康孝的氣。他說要去把康孝揪出來，揍得他滿地找牙，以後不敢再幹這種事為止。然後他侮辱了康孝的父親。跟康孝侮辱他母親差不多的話。一樹辱罵了康孝的父親一頓之後，轉而對我說：

——你老爸也一樣。

他臉上浮著輕蔑的微笑。好像是把想說的話都說了滿意了吧。一樹轉身背對著我，打算離開。我檢起腳邊的木材，用力朝他的後腦打下去。

等我回過神來，他已經倒在地上動也不動了。

怎麼辦才好呢。我在黑暗中看見腳邊的菸蒂。我知道是一樹的。我從他褲袋裡拿出打火機，蒐集了一些木屑點燃。火勢蔓延得比想像中要快，我確信這樣就沒問題了。我的手就是那時候燒傷的。

我抱著妳跑出去，看著火焰吞噬倉庫，然後到離堆棧場最近的人家求救。

之後就如之前所說的那樣了。

我本來覺得大家會認為是一樹抽菸引起火災，但從妳裙子口袋裡的信得知是康孝把你們倆關起來的，那樣放火的嫌疑就落在康孝頭上了。第二天早上發現康孝自殺，更加強了他放火的說法，真正的原因便無人追究。

康孝自殺是因為他把一樹關在倉庫裡，不管起火的原因是什麼，他都覺得是自己害死一樹的吧。殺死一樹的是我，康孝的死也是我害的。

我殺害了兩個從小一起長大的朋友，我是最惡劣的人。

沒想到妳竟然看見我打死了一樹。

我進入倉庫的時候妳已經昏倒在地，我想妳是不知道真相的，得知妳不記得事情經過，我還是鬆了一口氣。但我覺得不能掉以輕心，直到案件過了時效之前，都得盯著妳。

妳渾然不覺我的不安，遵守著與我的約定，非但沒有恢復記憶，連那件事都絕口不提。妳相信是我把妳從火場中救出來，百分之一百地信賴我。我覺得應該已經沒問題了吧，就不想再監視妳了。

我之所以參加國際志工隊是為了要逃離妳。知道這裡治安惡劣時我不禁失笑，這不是正適合我嗎？

沒想到妳信裡竟然提起當時的事。我以為我隱瞞得很好，妳卻目擊了當時的情況。奪人性命的重罪就算用謊言也不能化為無形。我才跟妳說明乘以0不是這個意思，自己卻搞不清楚。我真是太愚蠢了。

我該如何了結這件事呢？

就算去村裡的派出所也不能解決。

只不過，這封信寄到妳手中的時候，時效應該已經過了吧。

也就是說我自由了，妳也自由了。

祝妳幸福。

別了。

純一草

十一月五日

*

致最愛的你：

希望你能收到這封信。

我有非得跟你報告不可的事。我已經完全想起來了。首先我得先回溯到寫上封信之前的事。

英語會話社團的阿部先生如你所言，對我有意思。他對什麼人都很好，我本來不覺得他對我有什麼特別。自從夏天那次烤肉之後，他好幾次邀我跟他兩個人一同吃飯。我跟他說我有交往的人，他說公司裡傳言說我是一個人，我就跟他說你參加國際志工隊到P國服務了。

但這樣好像反而不好。知道我週末有空，英語社團的人就找我一起吃飯。我想有別人在應該沒關係，所以就去了。阿部先生坐在我旁邊，突然開始抽菸，我覺得很不舒服就早退回家。

從那天晚上開始，我一閉上眼睛，那天的影像就片斷浮現在面前。一開始我以為是夢。讀了你信裡寫的當天的事情，所以在夢裡出現了吧。腳踏車的籃子裡有封信。我騎車去堆棧場。途中看見你。

但是影像漸漸變成並非從你那裡得知，你也不知道的場面。一樹抽菸的氣味，我穿著襪子踩在他背上要開窗時腳底的感觸，都鮮明得不像是夢境。我確信這是我實際的經歷。

然後我想起你手持木材的背影，不知如何是好，於是寫了那封不成章法的信給你。

在那之後一星期。

阿部先生說我好像沒精神，要不要去吃點好吃的，我說好。我分明不太會喝酒，卻喝了不少。我不能否認這是自暴自棄。阿部先生扶著搖搖晃晃的我上了計程車，把我帶到他家。到家之後阿部先生抽了一根菸。我呆呆地望著他在菸灰缸中捻熄菸蒂。他突然撲過來抱住我，把我壓倒在地上——我拼命抵抗，他打了我一巴掌——在那瞬間，封印在最深處的記憶恢復了。

我猜我回想起來的時候大聲尖叫了吧。阿部先生把我一把推開，用厭惡的眼神望著我，教我快點滾。

現在我不用閉上眼睛，也能鮮明地回想起那天的事。倉庫裡發生的事。

一樹讓我騎在他肩膀上，我用手攀住窗框，伸出一隻腳轉換身體重心的時候，一樹突然用力抓住我的腰，把我拉下來。他趴在我身上，把手伸到我裙子裡，我死命掙扎。但是我的力氣完全不敵他散發著菸味的壯碩身體，我破口大罵。他用力甩了我一耳光——我覺得自己要被殺了。

我抓住手邊的木材，拼命揮舞，一樹從我身上退開，我站起來用力打他的頭。他跪在地上，我又打了他一下，他就倒地不動了。

好可怕、好可怕、好可怕、好可怕。我的腦子大概決定要假裝這一切都沒發生，就失去了意識。

不知道過了多久，我睜開眼睛，看見一個高高的背影，是你。我想你手上拿著的木材是我用來打一樹的那根。

殺死一樹的是我。你知道是我，所以放了火替我遮掩不是嗎？

康孝以為是自己害死了一樹，所以自殺了。他的死也是我的錯。害死兩位同學的是我，我也知道自己為什麼會喪失記憶了。我的神經沒細到只是因為被關在倉庫裡然後發生火災就會喪失記憶的程度。

我覺得這件事必須第一個跟你說才行。但是我沒法下筆。我後悔寄出了上一封信。要是沒那封信的話，我們倆之間這件事就已經解決了吧。我可以假裝沒有恢復記憶，繼續和你通信，等待你歸來。

就在我無計可施的時候，你的信寄到了。我好害怕不敢開封。我之前幾乎間接說了一樹是你殺的，你可能會生氣，或者是指控我說根本是你殺的，我以為你會說出真相。但我覺得那樣的話我恢復記憶反而比較好。

要是在我自己想起來之前，由你告訴了我真相，我一定無法承受。我鼓起勇氣打開了信封。

裡面沒有一句真話。全都是謊言。

你殺了一樹，逼死了康孝。為什麼要說這種謊呢？為什麼要為了我這種人撒謊呢？

你說恨一樹也是謊言。

昨天我打電話到你家去，詢問「家族訪問之旅」的事。他們說要是我不能參加的話，那就過新年放假時大家一起自費前往好了。那時候令堂說令尊在你國中三年期間也在海外工作。所以她也跟我說兩年很快就過去了。

你一定是覺得自己需要殺死一樹的動機，所以才編出那種故事吧？貶低自己的親友，就算是謊言應該也難以出口。

對不起。對不起。對不起。

我害你說了謊，對不起。剝奪了你十五年的時間，對不起。

對不起——我這麼說是不是很狡猾？

一面寫著對不起，但我心裡充滿的並非歉意，而是對你的愛情。我知道我已經不能再說這種話，就這樣把所有的心情都寄託在「對不起」上吧。

這是我寄給你的最後一封信了。

此後會怎麼樣還不知道，但我絕對不會做讓你擔心的事，這請你放心。這封信的口氣跟文風都比之前穩重多了不是嗎？

真是不可思議。

與其說你是殺人犯，我比較能冷靜地接受自己是殺人犯……對了。

我也可以說謝謝你吧。謝謝你陪伴了我十五年。謝謝你保護了我。謝謝你為了我說謊。

你沒有犯任何的罪。無論你說多少謊言，仍舊無法把罪攬在自己身上。乘以0就是這個意思吧，純一老師。

你所教授的知識，在你回國之後也會一直留在那些孩子們心中，直到永遠。

請善自珍攝。

萬里子上

十一月二十五日

*

致萬里子：

這封信能寄到妳手上嗎？

電話線終於修好了，但這次好像是妳換了號碼。電話和電郵都無法聯繫到妳。還是只好委託給天堂鳥的郵票了。

既然妳已經全部想起來，那就不該是最後的一封信。因為我的那封信裡，除了被妳看穿的謊言之外，還有其他的謊言。我必須把事實告訴妳。這封信全部都是實話。

妳雖然說我沒有犯罪，但我卻犯下了比妳大得多的罪行。

那一天，我在堆棧場的倉庫旁看見妳的腳踏車，卻沒有立刻去門口，而是繞到了倉庫後面。這件事我是局外人，覺得不好堂堂正正從門口闖進去。

我躡手躡腳繞到後面，窗戶是開著的。我站在窗下，看見腳邊有個木箱，箱子旁邊有兩根菸蒂。除了我之外還有人來過這裡嗎？我一面想著，一面側耳傾聽窗子裡傳來的聲音。但是完全沒有像是講話的聲音，也沒有一樹使用暴力的聲音。是不是沒人在啊。大家都回去了嗎？但是妳的腳踏車停在前面啊。

我站在木箱上，窺視倉庫裡面，看見有人倒在地上。是一樹。他睜著眼睛，側著頭趴在地上，頭上流著血。我急急繞到門口，門上了閂。我拉開門閂進去，看見妳倒在地上。妳蜷成一團，面頰紅腫，上衣的扣子一直開到胸部下方。但是妳有呼吸。我進去檢查一樹，他沒有呼吸了。一樹的旁邊有根木材，我撿起來，看見上面沾了血。

是康孝幹的嗎？

他把妳跟一樹叫到倉庫，襲擊你們之後把門閂上逃跑了，我心裡這麼想著。妳睜開眼睛大概就是這時候吧。妳可能只記得自己睜開眼睛看到我，但妳還跟我說了話。

——阿純，救我。

這雖然也可以解釋成妳遭了襲擊，但那時我就確定打死一樹的是妳。我也知道康孝應該是預測到一樹會這樣對付妳，才把妳們兩個關在一起的。

要是這封信裡不全是實話的話，我可能會寫說我進入倉庫的時候，一樹還有呼吸，我應該送他去醫院的，但卻沒有這樣做。但是無論我說什麼謊，都無法拯救妳吧。所以我不說謊了。

我轉過頭去，妳已經閉上了眼睛。所以我覺得妳不是真的看見我在這裡，而是無意識中向我求救。妳從一開始就一直跟我求救。或許在霸凌事件開始之前，妳就覺得我對妳是必要的。

我要怎樣才能不讓妳成為殺人兇手呢？

就讓一樹意外死亡好了。

在那之後的情況我已經說過了。火災是因為抽菸引起的，一樹是被燒死的。我設法讓他頭上的傷看起來像是木材倒下來時砸到的，我把橫放在地的木材牆邊，把木屑集中到下面，從一樹的褲子口袋裡拿出打火機點了火。我的左手燒傷就是那時一根木材朝我倒下來造成的。

我把妳送上救護車，也治療了燒傷，跟警察說了之前信裡寫的那番話。從妳裙子口袋裡的信，以及被叫來的班導處確認了霸凌事件，根本沒有人懷疑我。警察放我回家的時候已經是深夜零時了。我沒有回家，而是去了康孝家把他叫出來。

我有非跟他確認不可的事。

堆棧場的火終於撲滅的時候，我們家附近已經跟菜市場一樣嘈雜。甚至有人開車來看熱鬧的。我們倆避開人群朝學校走去。提議到屋頂上去談才不會被人看到的是我。

康孝很害怕，雖然害怕但還在虛張聲勢。

——那可不是我的錯。

爬上樓梯到屋頂的時候他一開口就是這句話。我跟他說妳的裙子口袋裡有她的信。那是你把她叫去的證據。我在放火之前把妳上衣的扣子扣起來，是那個時候發現妳裙子口袋裡露出了信封的一角。

——我只是把他們倆關起來而已。

康孝考慮過要如何才能讓一樹受到最大的羞辱。那就是讓他襲擊妳。但這種計畫能成功嗎？一樹威脅妳說「妳要是再妨礙我，就給妳好看。」有很多同學聽到了。要是把你們兩個一起關一晚上，不管實際情形如何，大家都會覺得一定有什麼事吧。但是康孝確信一樹會對妳出手。根據康孝的觀察，自從大家同班之後，一樹一直在注意妳。甚至還說他可能是因為想讓妳來干涉，所以才接受康孝挑釁的。

——他要是以為女人都跟他媽一樣隨便人上，那就大錯特錯了。

康孝雖然知道一樹已經死了，而且是自己害死的，但卻仍以高高在上的態度嘲笑他。

——閉嘴，你這個殺人兇手。我有你放火的證據。

我從褲子口袋裡掏出一個菸蒂。那是康孝抽的牌子。康孝面色發青沉默不語。他知道這是他丟在倉庫後面窗子底下的吧。我把妳從倉庫抱出來以後，把妳放下，繞到後面去撿的。

我為什麼要這麼做呢？看見菸蒂的時候我就想是不是康孝的啊。放在那裡的木箱也是。那個時候我並不在乎，然而知道妳打死了一樹，我就不能不管了。

康孝是什麼時候在那裡抽菸的呢？菸蒂有兩個，這樣的話他應該在那裡待了好一會兒吧。要是他知道打死一樹的是妳可怎麼辦呢？

所以我才把康孝叫出來。

——你是什麼時候在那裡抽菸的。

——等他們倆的時候。我在倉庫後面等，他們都進去以後我就把門閂拉上，然後回家了。

——你確定有把菸蒂踩熄嗎？

我這麼一說，康孝就雙手抱頭，他的指尖微微顫抖。他應該不記得菸蒂到底怎樣了，只知道自己設下的陷阱捕獲了獵物，興高采烈地到倉庫門口去鬥鬥。他並不知道起火點是倉庫裡面。我跟警察說了七點左右去倉庫的時候看見起火，以時間上來說康孝的菸蒂的確有可能引起火災。

——你不只把他們兩個關起來，火災也是你的錯。

我對著發抖的康孝毫不容情地大罵。

——你是縱火殺人犯。就算還未成年，也會受到重罰吧，你這一輩子都非得贖罪不可。

我說完就轉身離開，留下康孝一人在屋頂上。我去了妳住的醫院，去跟妳說不用擔心，一切有我。

我是先聽說妳失去了記憶，還是先得知康孝從屋頂上跳樓自殺呢？

殺害康孝的人是我。

分明只要確認他是何時在那裡抽菸的就好，我卻故意把他逼得走投無路。

我看了妳的信，才知道康孝寫給一樹的信的內容。康孝雖然對我虛張聲勢，但其實可能只是想賭一把而已。要是把你們倆關一夜，什麼也沒發生的話，他就跟一樹道歉。

我這麼寫好像會傷害到妳，但我希望妳不要蔑視記憶中的一樹。我們第一次發生關係是那次事件之後的三年。分明我該好好對待妳，但妳撫摸著我手上的燒傷痕跡說，對不起，我忍不住擁抱了妳。光是擁抱還不夠。那時我的心情，跟把妳從肩上拉下來時一樹的心情，應該是相去不遠的。

妳跟我的罪都不是0。

但是妳的罪已經過了時效。我卻還沒有。離開日本的時間是不算的。這個事實讓我非常滿意。

為什麼呢？

從剛剛開始外面就很吵。好像很難得地有觀光客來了。平常我都是晚上寫信，但剛剛收到妳的信，看了之後我等不到晚上再回了。本來想望著窗外的星空寫這最後一封信，但現在我看見的是朝這裡走來的房東歐巴桑。

她大聲地叫我的名字。

好像帶了人來。

信寫到這地步，妳一定覺得我怎麼這麼拖泥帶水不乾脆吧。

我愛妳。

今天的這封信沒有謊言。

純一草

十二月十五日

藍小說153

往復書簡

作　者—湊佳苗
譯　者—丁世佳
主　編—嘉世強
編　輯—黃嬿羽
美術編輯—陳文德
責任企劃—張燕宜
校　對—丁世佳、黃沛潔
董事長
總經理—趙政岷
總編輯—余宜芳
出版者—時報文化出版企業股份有限公司
10803台北市和平西路三段二四〇號三樓
發行專線—（〇二）二三〇六—六八四二
讀者服務專線—〇八〇〇—二三一—七〇五
（〇二）二三〇四—七一〇三
讀者服務傳真—（〇二）二三〇四—六八五八
郵撥—一九三四四七二四時報文化出版公司
信箱—台北郵政七九～九九信箱
時報悅讀網—http://www.readingtimes.com.tw
電子郵件信箱—liter@readingtimes.com.tw
法律顧問—理律法律事務所　陳長文律師、李念祖律師
印　刷—盈昌印刷有限公司
初版一刷—二〇一一年十一月十五日
初版八刷—二〇一七年一月十八日
定　價—新台幣二六〇元
（缺頁或破損的書，請寄回更換）

時報文化出版公司成立於一九七五年，
並於一九九九年股票上櫃公開發行，於二〇〇八年脫離中時集團非屬旺中，
以「尊重智慧與創意的文化事業」為信念。

國家圖書館出版品預行編目（CIP）資料

往復書簡 / 湊佳苗著；丁世佳譯. -- 初版. -- 臺北市：時報文化，
2011.11
面；　公分. --（藍小說；153）

ISBN 978-957-13-5446-0（平裝）

861.57　　100019791

ISBN 978-957-13-5446-0
Printed in Taiwan